Christine 的奧地利生活分享

放下讓所有人都喜歡，重新找回自己

林子筠 著

Christine

IN

AUSTRIA

Republic of Austria

目錄

CHAPTER ⑧

再次回到奧地利

CHAPTER ⑨

粉絲專頁帶給我的回饋及學習

CHAPTER ⑩

全新的自己

自序

做自己喜歡的事

當時報出版的編輯來詢問我是否有意願要寫一本書時，我很開心，也非常興奮！

一直以來我都在分享奧地利的生活，很希望能夠寫一本關於自己的故事，分享給大家。前幾年也有別家出版社找過我出一本旅遊工具書，當時忙碌的我，完全沒有辦法勝任，很想完成，但從畫地圖到寫歷史，這都不是我的專長，畢竟以前寫遊記都是用部落格隨筆的方式，太專業的我寫不出來，因此這本書就失敗了。

然後疫情來臨了，沒有完成一本書是我一直以來的遺憾，也對於當時幫我介紹的朋友很不好意思，對於編輯也非常抱歉。

所以這次時報出版找上我時，我想寫一本關於自己的故事，從擬訂大綱到整理照片，出版社鼓勵我繼續完成，這半年的時間，我也有很不努力的時候，產生惰性的時候，謝謝編輯一直沒有放棄我，適時的給我一點暗示，表示我應該快完成了！很開心，也許我不是做得很完美，但是我做到了。

我的文字很樸實簡單，但是我很真誠的想讓大家對我更了解，很多自己過不去的祕密都有寫出來。

希望鼓勵大家能夠做自己喜歡的事，愛自己喜歡的人，吃自己喜歡的食物，勇敢表達自己的想法，勇敢的踏出第一步。

維也納聖史蒂芬大教堂

Chapter

1

開啟奧地利的生活

Republic of
Austria

Republic of Austria

什麼機緣來到奧地利？

認識Ｈ先生

寫著這篇稿的時候，Skype的鈴聲在我的腦海中不斷迴響著，收到訊息、有人新增好友的各種鈴聲，都在我腦中迴盪。因爲，我沒想到一個突如其來的交友請求，將會改變我的一生！

一位來自奧地利薩爾斯堡的Ｈ先生，和我開始聊天，當時是我第一次聽到奧地利這個地方，一切都覺得非常陌生也很有趣。那個時候我傳給Ｈ先生的個人照，是一張假照片——女子演唱團體S.H.E，Hebe的照片，這個時候需要貼上一個大笑的表情符號，現今詐騙集團這麼多，原來我在十幾年前就是了。

我們開始聊天，H先生告訴我，他曾經住在台灣的台北，和兩位哥哥在台北生活過兩年，兩位哥哥都讀美國學校（TAS），我們一起聊著在台灣生活的特別經驗。二〇〇一年他又跟著媽媽到台灣度假，和我說著和家人在台灣酒吧喝酒的趣事。就這樣我們聊天聊了半年，中間我們分享了彼此的生活，兩個不同的國家，完全不一樣的生活，甚至不同語言，當時的我，英文也不是很好！

我們就這樣搭上話，不知道這將會讓我的人生產生很大的變化，當時就是覺得多了一個奧地利朋友很酷，至於更多感情的細節，也許有機會可以再訴說。

Ｈ先生第一次來台灣

我們聊了兩個月後，Ｈ先生決定要來台灣找我玩，時間就在六月中，二十一歲青澀的我，就這樣去機場接了Ｈ先生，那個情景眞的很好笑，因爲英文不是很好的我，遇到德文腔很重的他，我們對話一直不斷出現「pardon（再說一次）」。

就這樣，我們開始展開Ｈ先生的台灣之旅，當時帶著他去淡水、九份、台北等地方，在台灣生活過的Ｈ先生很厲害，臭豆腐、麻辣鴨血、大腸、肥肉，沒有什麼不敢吃的。

那時我還是窮學生，沒什麼錢，這樣常常在外面消費也吃不消，所以我帶了Ｈ先生去家裡吃飯，見了我麗華阿母和宏興阿爸，當時Ｈ先生手臂有個刺青，還穿著拖鞋，很怕如果說是在網路上認識，傳統的爸媽一定會覺得他不是個好人，就編了個善意的謊言，說是先認識他的家人，家人再介紹我們認識的，許多事情實在不知道當時爲什麼要騙人，因爲這也不是什麼天大的壞事，只能說過去的我，也不是很懂自己。

總之，H先生這次拜訪台灣非常愉快，我們對彼此的印象都很好，因此就交往了。要送H先生回奧地利時，在機場超難受的，覺得好像不會再見一樣，才二十出頭的我，身上沒有錢，想到未來要談遠距離戀愛，感到絕望和失落。

H媽登場

H先生的媽媽，超級可愛，知道我和他兒子在交往，馬上要了我的email，我們開始每天寫email，這段回憶很珍貴，因爲現在這個時代，幾乎很少用email聯繫了，可能連一通電話都懶得打。

H媽每天會分享他們的生活，連去鄰居家喝咖啡這種芝麻小事都會告訴我，也會不斷鼓勵我們走下去，叫我不要難過。

在那時，我和Ｈ先生維繫感情也只能用簡訊、ＭＳＮ，因爲有時差，常遇不到可以一起聊天的時間。

Ｈ先生第二次來台灣

Ｈ先生回到奧地利一個月後，他又買好了來台灣的機票，這次他準備來兩個月，聽到這個消息我非常開心，當時我在姑姑的補習班努力打工賺錢，就爲了Ｈ先生來，我們能一起去更多的地方。

終於，過了半年，Ｈ先生又來台灣找我了！半年說長不長說短不短，我前一天興奮到睡不著，迫不及待希望時間快點到，一早就跑去機場接他。這次我們就是一對熱戀的情侶，每天都要約會、吃飯、看電影，熱戀時都是美好的，完全不會知道未來還有什麼在等著我們。

我帶著他逛遍台北的夜市，吃著美食，還一起過了聖誕節和跨年。一起體驗台北一〇一的煙火、台灣的KTV文化，還有我們非常愛吃的一間通化街的滷肉飯，一周可以去三次。

兩個半月很快過去了，迎接我們的是滿滿的不捨，在機場像生離死別一樣，因爲不知道下一次見面又是何時，不知道該怎麼辦，心裡很難受，眼睜睜看著H先生走出海關蓋章處，眼神交會的那一剎那，難過地眼淚直流，那個感覺至今還記得。因爲這種熱戀分開兩地難過的感覺，在我三十歲後，就不會有過了！所以這段年輕單純的愛情印象非常深刻。

為愛準備飛去奧地利

H先生回去後，H先生全家人開始幫我們想辦法，想到可以去奧地利念書，不過因爲考慮到金錢因素，當時我也沒什麼經濟能力，所以在即將畢業那年，我休學了！這件事除了我自己身邊的家人朋友，沒有人知道這件事。因爲我只想趕快工作存錢，才能去奧地利，之後再找機會繼續念書就可以，但是當時在奧地利念書申請比較複雜，加上沒有我能夠念的科系，所以念書這個念頭只好先放棄了。

後來單純的我和 H 先生想到結婚就可以在一起了，腦中完全沒有考慮未來的事情，只想著現在，純粹就是不想再分開了。H 先生的家人都支持我，說在奧地利工作很好找，我們可以住在家裡的三樓，每個月補貼家裡一百歐元即可。

原本大學就在姑姑的英文補習班打工，休學後我直接就在姑姑補習班當正職員工，於是我開始工作，一邊存錢，一邊準備前往奧地利結婚所需要的文件，在二〇〇九年，我們需要準備單身證明、良民證，還有戶口名簿，並且全部要翻譯成德文，經過奧地利在台辦事處、外交部等地方蓋章。詳情我已經記不太清楚，只知道這些都要花不少費用，然後我買了一張單程機票，還不敢和爸媽說得太詳細，只說了可能會去奧地利結婚，我覺得自己很誇張，其實爸媽心裡面都知道。

第三次見面

第三次見面，是在維也納機場，H先生專程來維也納接我，當時的我們很開心，也告訴彼此，不要再分開了。從維也納到薩爾斯堡，需要開車長達三小時，出發時台灣溫度是二十五度，我來到維也納那天，氣溫是十度以下，這是我對奧地利一開始的印象。

一路上到開上了高速公路，我還是沒有任何出國或是在國外的感覺，很奇妙。兩個半小時後，我們開始下高速公路，也慢慢地開往我即將居住的村落，望著綠油油的草皮，眺望遠方的阿爾卑斯山，我帶著緊張的心情，要去見他的家人囉！

開始在奧地利生活

想著第一次和公婆見面情景，H媽媽笑容滿面，和藹可親，看到我就把我抱入懷裡，告訴我，你終於來了呀！緊接著，H先生帶著我參觀屬於我們的小窩，位在H家的最頂樓，一間是我們的房間，一間原本是客房，但是被H先生改造成溫馨的小廚房，還有兩間可以放雜物的儲藏室以及一間浴室，我的奧地利生活即將展開了。

Republic of Austria

父母如何面對我的異國婚姻

當我告知父母，我要去奧地利結婚的時候，爸媽看起來都很淡定。

但我知道爸爸內心是反對的，可是心裡明白反對沒有用，想想人年輕的時候，做事總是沒有想到後果，父母的話我們就是聽不進去，應該是說，即使知道是對的，還是想做自己想做的事。

我到奧地利才一兩天，媽媽就告訴我，當時看到台灣的偶像劇《我的億萬麵包》，裡面的女主角拉著行李箱要離開家，感慨地想到我當初離家的情景。現在回頭看，我很感謝我的爸媽當初支持我，做我的後盾，以後如果我也有機會當媽媽，希望我也能夠支持自己的孩子。

三萬塊台幣

我很幸運，我有一對愛我的爸媽，在我準備要去奧地利之前，告訴我，他們在我的戶頭存了三萬塊，如果發生什麼事，沒有關係，就回台灣吧！

於是，他們送了我去機場，印象很深，當時我搭乘長榮航空，那個時候還沒有直飛班機，必須在曼谷轉機。爸媽送我進去後，我靜靜地坐在椅子上，發呆很久，因爲我對未來一無所知，還任性地離開自己的父母。

但是爸媽卻還是這麼支持我。

題外話，過了幾年，長榮、華航都可以直飛維也納囉！而且在二〇一一年的一月十一日開始免簽了。

Republic of Austria

異地求生的外籍新娘

在奧地利我是一個來自台灣的外國人，還是一個亞洲人，應該可以稱爲「外籍新娘」。在奧地利開始生活後，會發現很多文化和台灣不同，最讓我沮喪的應該就是語言和輕微的種族歧視。

來奧地利的第一個月，開始忙碌地見H家各地的親戚朋友，H先生有兩個哥哥，才剛到奧地利的隔天，馬上迎接H二哥的生日，住在維也納H二哥和女朋友一起來家裡簡單慶生。接下來是H爺爺女朋友的七十大壽，H的大哥、二哥都出席了，這是我第一次參與到國外的生日派對，原來他們對生日都很重視，尤其會慶祝三十、四十、五十……這種整數的生日聚會。

一般生日派對很簡單，他們會邀請自己的家人及很好的朋友，所以也不會有太多人。但是如果碰到整數生日，一定會特別熱鬧，因爲十年一次，對他們來說很重要。

接著最重要是，我們結婚的日子來臨了，是在七月的一個星期天。

H媽媽介紹一個住在家裡附近的美髮師，早上來幫我弄了一個非常可笑的髮型，因爲當時沒有便利的社交軟體，我無法去找適合自己的新娘祕書。穿了一件H媽媽的乾女兒陪我去百貨公司買的一件白色洋裝，當時沒有太多自己的主見，只能說是自己實在沒有自信，也不知道該怎麼面對，但如果是今天，我一定可以說出一大堆我想要的婚禮。

那天H先生全家都有出席，加上隔壁和他們很好的鄰居、H媽媽的好朋友，還有H先生工作的兩位主管。簡單的婚禮流程後，我們去H先生工作的高爾夫球場餐廳吃飯，吃完飯一群人還一起回去H家續攤，喝酒聊天。席間，他們的談話，我都聽不懂，也不懂他們的笑點，更沒有自己的家人朋友，完全沒有當新娘的喜悅。

後來比較神奇的是，那天我在戶政事務所，因爲沒有自己的家人朋友，有一位台灣人來幫我翻譯公證，沒想到十年後，他變成了我在薩爾斯堡的地陪，世界就是這麼小！

語言

奧地利人說的是德語，每個城市都會有自己的方言，尤其德國的德語和奧地利的德語又有差別，就像我們說「馬鈴薯」，中國人會說「土豆」。

當時我的英文也不是說得非常好，只能簡單的溝通，而來到奧地利每次最難熬的就是大家聚會的時候，因爲我聽不懂，也笑不出來。

H先生因爲很想融入台灣，於是他和一位住在奧地利的台灣阿姨學了中文，所以他可以講出一口流利的台式中文。

有一次在聚會上，我用中文和H先生說我想要鹽巴，可以幫我拿一下嗎？H二哥的女朋友馬上告訴我這樣很不禮貌，因爲我們都聽不懂，當時我也不甘示弱的和他說，那你平常說德文，我也聽不懂，你可以說英文嗎？

其實我知道要融入這裡的生活，必須要會講德文的，而且不能只是會一點點，是要眞的可以溝通，所以我想要成爲奧地利家庭一分子，學會流利的德語是必須。

種族歧視

在歐洲生活一開始，我沒有感受到種族歧視，但是生活久一點，還是有的。剛開始因爲我住在很偏僻的村落，放眼過去只有我一個亞洲人，至少我還在那邊住的時候，我沒有遇過其他台灣人。

H媽媽好朋友的先生，先簡稱他爲S先生，非常傳統，他傳統到只吃奧地利的奶油，但因爲德國離我們很近，開車不到三十分鐘就能到，所以H

媽媽常常去德國買奶油、牛奶、麵包等等，可是S先生很堅持他不要吃德國的東西。

他對於我的語言也有很多意見，有時候會開玩笑對我說，所有亞洲人他們都統稱爲「Chinese」。當時聽了有點不是滋味，不過漸漸發現，他們只是傳統古板，存有古老的思想。

S先生對於我家鄉的食物也很有意見，有一次他來我們家拜訪，不吃飯、不吃水餃，亞洲料理都不吃，覺得他實在太固執。不過現在想起來，他只是做自己，而我現在也喜歡做我自己，也不愛吃奧地利一些傳統的主食食物。

在薩爾斯堡市中心，偶爾在路上會遇到小屁孩，用挑釁的語氣對你說「您好！」，以前EQ低會直接發脾氣，但現在就淡定，裝作沒有聽到，因爲他們其實也沒有惡意，就是平常看成龍的電影，然後不知道哪裡學到一句中文「精誠忠」，有時候他們看到亞洲人就會說這句話。這是在那邊生活到現在，我聽到還會不舒服的一句話。

Republic of Austria

開始學習德語

在奧地利結婚，爲了拿到居留證，必須去上國家規定的德文課，並且要完成Ａ２考試。這是那時候的規定，現在都不一樣囉！

於是我開始去上德文課，一周三次，每次三小時，在薩爾斯堡市中心的米拉貝爾附近上課，展開學習德語之路。德文老師是位當地薩爾斯堡老師，叫做Claudia，我印象很深刻，因爲我非常喜歡他，他沒有奧地利人的那種排外，他對所有的學生都很認眞，並且會認眞傾聽我們的文化。

班上有來自中國、波士尼亞、墨西哥、波蘭、土耳其、日本、菲律賓等同學，很有趣，也很熱鬧。同學有一次還約好一起去老師家吃飯，一人準備一道自己的家鄉菜，我終於在奧地利開始交朋友了，因爲中國同學比較好溝通，我們可以一起講中文，所以我們一直到現在都還是有保持聯絡。

在課堂上，可以聽到很多不同的故事，中國同學因爲嫁給荷蘭籍的老公，剛好她先生在薩爾斯堡工作，所以就跟著來了；菲律賓同學說她老公大她二十歲，在菲律賓度假對她一見鍾情，立刻求婚，現在他們住在豪宅，老公非常疼她。

墨西哥男生他女朋友是奧地利人，他是爲了女朋友來學德文，幾年後曾與他連絡，他結婚了，終於結束了遠距離戀愛。

波蘭女生很酷，她在Red bull Air Race（紅牛特技飛行）工作，每個月都要去不同的國家，那位波蘭女生長得很漂亮，是我特別羨慕的女生，她成熟自信，完全知道自己要做什麼。至於土耳其人和波士尼亞人，我和他們比較沒交集，因爲他們英文不好，沒辦法聊天。

上德文課第一年，我順利考過Ａ２，拿到居留證。第二年，達到Ｂ２

程度。後來我的德文雖然不是說得非常好，但是勉強可以溝通，要和德語系國家的人聊天還是可以的，連生氣罵人，德文都變得很流利。而上了德文課，讓我生活也變得比較有事做，也認識了一些朋友。

玩熱氣球的前置工作

在奧地利玩熱氣球要大家同心協力一起準備工作

第一次雪地活動

非常熱鬧的啤酒節

第一次在奧地利過生日，H 先生帶我去坐熱氣球

乘坐熱氣球在巴伐利亞最大湖泊基姆湖上

後排左 1 的阿姨一路上照顧我，像家人一樣給我溫暖

奧地利認識的第一家台灣人，現在更是合作夥伴

來自世界各地的德文課同學

奧地利叔叔的小朋友，現在都成年了

古斯塔夫· 克林姆特的故鄉阿特湖

Chapter

2

奧地利VS台灣文化大不同

Republic of
Austria

Republic of Austria

家庭觀念大不同

奧地利人比台灣更注重家庭生活，剛到奧地利時，我很不習慣他們每周有不同的家庭聚會。

有時候哥哥、嫂嫂會來家裡住，一住就是一整個周末，不但要招呼他們，還要準備三餐，並想著天氣好的時候要去哪裡散步，有時外出踏青，公婆也會請大家一起喝咖啡或是吃飯。

尤其是復活節、聖誕節、跨年等節日，奧地利人都是會和自己的家人過，尤其是聖誕節，他們從十二月二十四開始放假，許多奧地利人會直接休息兩周，而這兩周會調配時間和所有家人都見面，朋友其次。但聖誕夜當天會和最重要的人一起過，我以前的經驗，大哥、大嫂他們會喜歡自己一家四口過平安夜，而二哥和伴侶每年互相會協調是和女方家人過，還是和男方家人過，分配得很公平。

家人如果沒有住在附近，有些住在德國，車程要五小時以上的，他們一樣可以安排好一年至少去探親一到兩次。其他住在不同城市的，像之前H的哥哥一個住維也納，一個住維也納往東部一點的酒莊小鎮，一年也沒少見幾次，一開始我對於這些探親非常不耐煩，但到最後入境隨俗，還會主動邀請他們來薩爾斯堡找我們了。

在台灣遇到某些節慶，我常以朋友爲主，例如聖誕節總是想要和朋友見面，吃飯、交換禮物，沒有想過要和自己的家人過。來到奧地利後，逢年過節都會想到自己的家人，尤其是聖誕節，當我和奧地利家人一起過節時，都會很想念自己遠方的父母。

奧地利的夫妻關係懂得互相尊重，雖然離婚率很高，甚至很多人直接不結婚，但是離婚後的夫妻，至少我知道幾對離婚後的夫妻，他們雖然各自有新的家庭或是伴侶，卻還是可以和前任保持聯絡，一起去討論小孩的問題，也很理性地分配雙方見小孩的時間，我所認識的台灣人，大多是無法接受和前任保持聯絡，這也是文化的差異。

H先生的兩位哥哥，一個有結婚後來離婚，一個是有長期的女伴也生了一位女兒，後來因爲一些因素而分開，即使他們都有自己的新家庭或生活伴侶，雙方還是保持互相尊重，有時候小孩會和爸爸度假，或者和媽媽度假，甚至過聖誕節或是生日，他們都可以很和平的去討論小孩的問題，這是我覺得很不錯的地方。

我自己和我弟弟感情不算太差，但是沒有好到會常常聯絡，甚至一起出去旅行，除非是有家庭聚會，否則很少私下出去吃飯，更別說聊天，當我看到奧地利的朋友和兄弟姊妹之間的感情都很不錯時，蠻羨慕的。

平常他們私下還會約好一起去喝一杯，甚至妯娌之間感情也很不錯，我在奧地利的時候，也會和Ｈ哥哥的前任們一起出來聚會聊天。

我二十二歲就離開家鄉到奧地利，因此我受到奧地利的家庭生活影響蠻大的，現在的我會覺得家人很重要，朋友我覺得合適才會保持聯絡。

Republic of Austria

旅遊方式大不同

台灣人和奧地利人的旅遊方式差很多。台灣人的旅遊方式比較緊湊，每天會想要到不同景點看新的東西，奧地利人旅行方式比較定點，不用每天收行李換宿，也不用趕著吃飯、趕著拍照。

台灣人的旅行方式

台灣人出國旅遊，行前準備工作往往很充足，從機票、飯店、每天要看的景點和要吃的東西，會花很多時間看網路上的資訊，甚至連哪一個景點怎麼拍照才好看，都會提前先想好。

不僅只有國外旅遊，有一次我回台灣，和朋友們去一趟國內的花蓮旅行，朋友排了一長串的美食之旅，要吃哪一家的炸彈蔥油餅、扁食、豆花、泡泡冰、早餐等，甚至伴手禮要買哪一間，都安排的很詳細。

最可愛的是，外國人覺得台灣人很愛排隊，從雞排到甜點、咖啡廳、火鍋店、車輪餅等，我們都可以很有耐心的排隊。第一次和前公婆回台灣時，我帶他們去排隊吃雞排，每天也幫他們安排一系列的吃喝玩樂，雖然文化不同，但前公婆非常融入台灣人的生活，也都很配合。

台灣人對旅宿的要求很嚴格，初來歐洲會對於飯店的服務和設施稍微不習慣，在台灣住飯店，無論是民宿或是飯店，拖鞋、牙膏、牙刷、茶包、熱水壺幾乎都會有。但我到奧地利才發現，原來很多住宿是都沒有這些東西，很多盥洗用具是要自己帶，但現在我也是很適應了。

另外，亞洲人喜歡跟團旅行，但近年也多了許多自助旅行者，雖然是自助旅行，但我發現他們還是超級忙，每天坐火車和公車不斷的移動，去不一樣的地方。如同有一次我到布達佩斯三天二夜的旅行，也是每天走景點，深怕以後不會再去一樣。

每次我和奧地利朋友解釋我的揪團之旅，他們都覺得，天啊！在八天內可以一直跑，超級厲害。

歐洲人的旅行方式

歐洲人的旅遊，如果有小孩，喜歡每年假日都待在同一個地方。夏天他們喜歡花一個星期去海邊度假，他們旅行方式很單純，喜歡在海邊租一個度假小屋，就在那裡待上一星期，每天做一樣的事情，甚至隔年他們還是都去同一個地方。

冬天就會固定去滑雪，如果是去城市，他們會花好幾天的時間在同一個城市，慢慢地看，什麼東西必吃或必買他們比較不在意。

歐洲人喜歡走路，會把時間花在走路或是健行，就算有纜車，他們還是喜歡自己走上去。

他們喜歡爬山健行，更是熱愛運動，在西班牙小島，常常可以看到德國或奧地利人騎腳踏車環島。以前我覺得也許比較有年紀的人不會愛走路，但是我錯了，因爲每次爬山總是會遇年紀大的長輩，有一次我去西班牙小島爬山，看到一個奧地利太太，約六十五歲，她說每年都來這裡爬山，邊說著咻的一聲她就爬上去了，剩下我還在原地氣喘吁吁。爬山健行眞要多鍛鍊，團員們都覺得我很會走了，但是比起當地人的耐力，我眞的完全比不上。

第一次和奧地利人旅行，眞的超級驚訝，因爲到了海邊飯店後，他們就開始去海灘曬太陽，一曬就曬到傍晚，然後準備吃飯。原本以爲第一天才這樣，但是觀察了一下，第二天他們吃完早餐後，又去飯店游泳池的露天處曬太陽，我心想，不會就要這樣過七天吧！但還好還是有花個一兩天去別的地方走走，不然對於我們台灣人的旅遊方式來說，還真的不習慣。

但在歐洲待久之後，發現我也可以耍廢好幾天，最近一次去賽普勒斯，我幾乎沒有離開過我住的地方超過一公里，只有一兩天有租車去走走，其餘時間我都在太陽底下看書、聽音樂、聽Podcast，然後悠閒吃早餐再工作，甚至我這本書，有超過二分之一的文字，都是在賽普勒斯完成的。

Republic of Austria

飲食大不同

民以食爲天，愛吃美食的我，剛開始來到奧地利，實在有點不太習慣，但是如果仔細觀察奧地利人的飲食習慣，也沒有到無法接受的程度。

早上他們喜歡去麵包店買酸種麵包，偶爾會買白麵包，在奧地利被稱爲「semmel」，長的圓圓的，打開裡面鬆鬆軟軟的。平時他們早餐習慣就是兩片切片麵包塗上果醬或奶油，配上一杯咖啡，簡單吃。但在假日或是有客人來訪，他們會在切片麵包上塗上奶油、夾上火腿，配上一些蔬菜，比如甜椒，小黃瓜等，然後加上一顆水煮蛋和一杯柳橙汁，水煮蛋也會放在專屬的容器上，很有儀式感。

中午上班族習慣在公司吃一些套餐，套餐有維也納炸豬排、奧地利傳統烤牛肉、義大利麵……等。

平常除非有客人來訪，否則他們也是簡單吃，主食大多是馬鈴薯，水煮馬鈴薯，清蒸馬鈴薯、馬鈴薯沙拉等，或是跟洋蔥培根一起拌炒，搭配傳統烤豬肉的話，他們習慣會加上一種麵糰，用切碎的麵包加上鹽巴或一些香料及碎肉揉成一團一團的，有時候水煮，我個人是比較不喜歡，有吃過前婆婆用蒸煮方式，我覺得還蠻好吃的。

偶爾會吃 mehlspeise，意思是用麵粉做出的各式各樣甜點，但他們不當成甜點，就是當成中餐，剛開始來的時候我也不太習慣。

中午會吃用杏桃做出來的甜點，麵粉揉出的形狀像雞蛋糕，但中間挖空放杏桃（有時候會換草莓），沾料用糖和麵粉拌炒製成，也會吃一種類似饅頭的東西，裡面加李子之類的水果還有包果醬，再撒上罌粟花籽做出來的香草醬，當然很常見的，還有蘋果派加上香草醬。

皇家煎餅是他們很常吃的一種甜點，其實很像撒上糖粉的雞蛋糕，最後加上李子醬或蘋果泥，這個甜點我很喜歡吃，但實在無法當成中餐，我通常會先吃一碗自己做的滷肉飯，再來吃皇家煎餅。

另外，奧地利傳統家常菜，比如清燉牛肉湯，就是牛肉加上一堆蔬菜去煮兩小時，煮到牛肉很軟，然後湯只用鹽和胡椒調味，口味非常清淡。一般他們會加入一種很細的麵放在湯裡面吃，喝完湯再吃牛肉。奧地利一般來說都是先喝湯再吃正餐，我後來也很習慣了。

奧地利的烤肉也是「很威」，一堆肉塊加上一堆香腸，配上很多不同沙拉，醬料大多是當地的太太們自己做，偶爾會吃到蛋做出來的醬汁，口味方面可能對於我們東方人來說會覺得很鹹，可以搭配麵包一起吃。

奧地利太太們很喜歡在周末做家常蛋糕，越簡單的蛋糕我越喜歡吃，我試著做過他們所謂很隨心所欲做的蛋糕，但是我做出來就是少了一種味道，到現在我連麵包都做得不好，一樣的方法，但是我做出來的就是和別人的味道不太一樣。

疫情期間，我很努力試做台灣很流行的湯種麵包，軟綿綿的吐司或是麵包，但是很可惜我就是做不出來，應該是沒天分。

飲食我還是習慣喜歡吃中式餐點，因此我在奧地利練就了一身好廚藝，不能說很厲害，但是我覺得不錯了，逢年過節還是能夠請朋友來家裡吃飯。

①豬腳配上一團馬鈴薯
②想吃台灣味只能自己做
③超市滿滿的香腸
④維也納比臉還大的炸豬排

自家的雪自個鏟

奧地利傳統，只要有小北鼻出生，都會做這個送子鳥，
然後會寫小孩幾月幾號出生和名字

①復活節當天他們傳統是吃菠菜泥配馬鈴薯和荷包蛋
②他們很愛吃的扭結麵包
③傳統食物總是會放上一團大麵團，是他們傳統主食

悠閒的奧地利人，湖邊總是會有很多慶典

閨密第一次來訪

奧地利人喜歡自己種蔬菜

家裡布置得也很溫馨

奧地利人喜歡自己蓋房子，叔叔家自己蓋的房子

家裡附近村落都很漂亮

Chapter

3

奧地利的初期工作

Republic of Austria

Republic of Austria

工作不分貴賤

在奧地利人人都可以做自己想要的工作，對我來說，心態也需要重新調整一下，以前在台灣是嬌嬌女一個，爸媽很疼我，甚至沒有主動倒過垃圾。二〇〇九年找工作對我來說，實在很不容易，不像現在的薩爾斯堡，所有的商店都需要中文精通的銷售員。

我連去Ｈ＆Ｍ應徵都因爲德文沒有很好，沒有被錄取，殊不知現在二〇二三年店員很多都是亞洲人。不要說是一般服飾店，隨著亞洲國家的旅客增多，現在精品店都一定會有說中文的亞洲人。

當時我的婆婆也是有工作的，幫朋友照顧他的媽媽，並簡單幫忙整理家務，有時中午會幫忙煮飯或朋友的媳婦會煮，然後收拾一下就可以下班回家了。剛來奧地利的時候我常常陪著她去工作，在聊天當中，發現很多奧地利的中年婦女，都會在家裡附近兼職一些打掃的工作，而且竟是稀鬆平常的事！

那時還年輕的我，根本就不能接受做一些工作，比如：服務員、加油站、清潔人員等這些工作，但現在對我來說，就不是這樣了，因爲我後來做過更多奇怪的工作。

Republic of Austria

高爾夫球場種草

H先生在我們住的村落的高爾夫球場工作，環境十分不錯，高爾夫球場其實是需要很多機器和人力去保持它的環境，當時H先生想要多賺一些外快，就在下班的時候去種草，很想賺錢的我，當然也加入。

什麼是種草呢？因爲我實在不知道這個工作要怎麼稱呼，可能叫做草皮場地維護，因爲在高爾夫球場，客人在揮桿的時候，會把一部分草坪打出一個小洞，這個時候就需要我們，我們需要去挖土放到一個大圓桶，裡面混著草的種子，把土和種子攪和平均，撒到所有被揮桿破壞過的小洞中，然後用腳把它踢平，這樣就完成了。

這工作比較好玩的是，可以開著高爾夫球場的小車，四處亂竄，遠處還可以遼望阿爾卑斯山，環境非常優美。

那時工作一小時十歐元，我覺得超級划算，這工作就是平常我們傍晚沒什麼事，就會靈機一動，不然去賺外快吧！這些聽起來好像很辛苦的事情，現在想起來，都是很美好的回憶，我們可以因爲賺到幾十歐，得到很大的成就感。

Republic of Austria

餐廳燙桌巾

在Ｈ先生工作的高爾夫球場裡面，有一間很高級的餐廳，提供給高爾夫球場的高級會員吃飯，所以很多會員打完球，會在那邊吃飯聊天，當時餐廳老闆非常喜歡Ｈ先生，因此請Ｈ先生詢問我有沒有意願幫他們做一些工作。

這個工作內容很有趣，餐廳裡面有很多大大小小鋪在桌上的桌巾，它們都需要使用機器把它燙的很平整。

我印象中的燙桌巾，就是要把它放到燙衣板上，用熨斗把它燙平。結果發現，燙桌巾不需要這麼費力，餐廳有一台大的機器，只要把桌巾左右對準，折一半，順著機器放進去，出來後就會變成平坦的一條桌巾，有時候看情況，需要重複二到三次。

當時在高爾夫球場燙桌巾的我，會覺得有一點丟臉，尤其是每次會員們打完球去餐廳吃飯途中，都會經過燙桌巾的小房間，每次都會往裡面看一下，當時我就會覺得有一點羞恥感，不知道爲什麼在那個年紀的我會有這種感覺，我總希望在工作途中，最好不要有人經過。

燙桌巾的工作一周只要排班十小時，所以我可以自己分配時間，餐廳老闆是正常幫我保勞健保，我連奧地利的一年兩次的雙薪月都可以領到。在奧地利是這樣的，一年裡面，員工享有兩次雙薪月，一次在六月，因爲這是度假獎金，一次是十一月，因爲聖誕節即將到了，類似聖誕獎金，一周只需要工作十小時的我，也一樣享有這種福利。

那時我邊燙桌巾，就會一邊看《康熙來了》，這樣時間就會過得特別快，只要看完三集，時間就過了兩個多小時，所以我喜歡把《康熙來了》留到燙桌巾的時間去看，這樣時間才能過得快一點。

Republic of Austria

珍珠奶茶店打工

二〇一〇年開始，不知怎的，歐洲開始風靡台灣的珍珠奶茶。二〇一一年，看到更誇張的是，在德國麥當勞也可以買到珍珠奶茶，我喝過，真的不好喝。

奧地利薩爾斯堡一開始有一間珍珠奶茶店在購物中心裡面，聽了朋友的推薦去喝了一次，也是無敵踩雷！後來一位奧地利人開了一間叫做 Teeliscious 的珍珠奶茶連鎖店，當時剛好有一家開在薩爾斯堡中央火車站旁邊的小型購物商場 Forum 1，因此看到應聘員工的資訊時，我立馬寫 email

毛遂自薦，我在信中表明我是台灣人，對於珍珠奶茶的文化了解很多，還順便唬爛一下我學生時代也有在珍珠奶茶店打過工，其實沒有。那時我正在高爾夫球場燙桌巾，兼職種草的當下，我實在很想換一個更穩定的工作。

很幸運地，老闆直接約我面試，我用了簡單的德文對談後，居然被錄取了。工作時間一周三天，每次六小時，所以一周就是十八小時，一個月薪水大約五百多歐元，這個工作環境很輕鬆也很歡樂。

爲什麼呢？我們佛心老闆，體恤員工，買了一台筆電在店裡，告訴員工，每天要開心，聽聽亞洲流行音樂也無妨，當時韓國男子天團Super Junior的音樂，我們店裡年紀小的同事們居然都超級愛聽。

我們店裡分早晚班，因爲店裡全部都是大學生，他們假日比較有空來，所以我排平日早班比較多，而在平日工作我更開心，因爲假日就可以陪家人。

工作內容很簡單，早班九點到下午三點，早上要煮珍珠，然後分別煮好綠茶和紅茶，並且看一下昨天有沒有晚下班來不及整理的事情，早班通常很輕鬆，因爲老闆說，沒有客人就可以坐下休息，使用電腦、手機，甚至可以看 YouTube，每個員工一天還可以喝兩杯大杯飲品，隨便點什麼都可以。

當時完全不誇張，《後宮甄嬛傳》是我在珍珠奶茶店看完的，每天和同事相處也是很愉快，但是我的語言還是不好，沒有辦法和同事暢所欲言。

不過歐洲的珍珠奶茶還是和台灣不一樣，還是要迎合當地人的口味，珍珠奶茶、珍珠奶綠他們都不愛，每天珍珠都剩好多，他們最愛加的是一種爆漿珍珠，長得很像鮭魚卵，口味有百香果、芒果、荔枝等，甚至有七彩繽紛的椰果，飲品的文化和我們完全不同！

在奧地利工作比較特別的是，不管你是在一般公司或餐廳，都會特別請一位專門清潔的同事，所以對我這完全不會打掃的人來說實在是拍手叫好，因爲我不需要做清潔的工作，但是遇到忙碌的時候，我們大家還是會主動幫忙那位來自塞爾維亞的打掃媽媽。

當時只有我和她是外國人，其他都是奧地利或德國人，所以有塞爾維亞同事在時，我會比較有安全感，因爲我們德文一樣爛。

有一晚和同事約好一起聚會喝一杯，聊天過程中，我發現我的德文還是沒這麼好，沒有辦法侃侃而談，所以會有一點沮喪。但是整體來說，那些同事們都非常可愛，也很照顧我，所以這是一段在奧地利非常愉快的工作經驗。

可惜，不到一年，珍珠奶茶店就倒了！有一天我們突然收到老闆的通知說店倒了，印象很深刻，因爲當時已經快聖誕節了，雖然倒了，老闆還是邀請所有員工去聖誕派對，不過沒有半個人去！

也許歐洲手搖飲還是不及台灣「夯」，遇到冬天幾乎不會有人喝，儘管有熱飲，但是冬天生意還是很差。也許歐洲人在做生意這方面還是沒有華人有手腕，因爲幾年後，珍珠奶茶店陸續有人開，這些華人都經營得蠻好的，也有可能是開店地點的問題，畢竟如果我要去坐火車，我也會選擇在火車站裡面買飲料，不太可能會繞到比較遠的商場買。

①高爾夫球場種草的環境
②草種子和泥土混在一起
③要把坑洞用土補平

奧地利安養院，環境真的超好

奧地利處處是美景

從高處俯瞰薩爾斯堡

Chapter

4

改變我人生的契機

Republic of
Austria

Republic of Austria

開始分享奧地利生活

我來奧地利後，開始會在無名小站分享奧地利的生活及去了哪些漂亮的地方，後來也建立自己的粉絲專頁。

同時期和我一起在寫部落格的朋友，一開始我們都是因爲分享異國戀而認識，當時我的生活會想認識和我同樣是遠走他鄉的異國新娘。有些到現在還有聯絡，有些變成了有名的部落客、網紅，書出了好幾本，有些在從事旅行社，還有一些人生了可愛寶寶，專注分享他們的生活，許多朋友經過了好多年，都發展很好。

記得一開始的無名小站，大家都在分享各自異國戀的生活，很努力地寫遊記，如果你夠夯，就會出現在無名小站的頭版，當時認識的好幾位版主都上過頭版，好多篇都是關於旅行的文章，更加讓我對寫遊記有興趣了。爲了想ＰＯ文，希望按讚的人數變多，我那時也寫過許多特別的景點如「上下顛倒屋」、「薩爾茲堡的後花園Gaisberg」、「德國樂高樂園」等，好多篇都是關於旅行的文章。

後來我開始經營粉絲團，一開始很幼稚，很在乎點讚的人數，當時才幾千個追蹤者，因此我常會刻意跑去漂亮的地方，就爲了想ＰＯ文，希望按讚人數變多。但經歷過很多事情後才會成長，現在我只做想做的事情，分享眞實的自己。發現旅行帶給我很大的快樂後，我就專注於旅遊，慢慢粉絲頁的朋友會開始詢問我前往奧地利旅行需要注意的事情。

一日遊行程

開了粉絲頁一段時間，大家開始漸漸地會問我一些旅遊的問題，尤其是我住的城市薩爾斯堡附近，有超多自由行的人都一定會去的，包含哈修塔特（Hallstatt）、國王湖、市中心等地方。

二〇一三年，大家還沒有像現在這麼厲害，帶著一支手機就可以直接出發，因此我會幫忙安排一日遊的行程。還沒有在免稅店工作的我，時間蠻多的，後來在免稅店工作後，我只能利用沒有工作的時間，帶大家去市中心走走。

當時我在奧地利有一位朋友，開一輛七人座車，有時我會推薦大家去找他一日遊，因爲價格便宜又便利，例如要去哈修塔特要搭公車轉火車，再轉船實在很不方便，加上推薦給大家的一些私房景點，眞的要開車比較便利。

那時如果有人找我去市區，我還眞不知道該怎麼收費，畢竟我沒有開車，純粹只是陪大家在市中心走，有時候客人還會請我吃飯，這讓我更不知道怎麼收費。後來我比較忙碌後，都直接推薦開車一日遊的朋友幫我帶。

一日遊讓我交到很多好朋友，例如有一次我接待一組可愛的馬來西亞朋友，陪著他們一家人走薩爾斯堡的景點，帶著他們從米拉貝爾花園開始，走到莫札特故居，經過馬克小橋到舊城區。推薦他們吃薩爾斯堡當地小吃「熱狗堡（Bosna）」，再吃巷口旁的冰淇淋，而且要吃罌粟籽口味的，因爲我覺得超好吃，不過時代變化下，現在已被優格冰取代了，只能說世間萬物每天都在變，旅遊路線也會慢慢不一樣。

吃完冰我們就前往卡比地廣場（Kapitelplatz），最特別的地標是「金球上的男子」，建議他們可以選擇走路或搭纜車到城堡，後來他們選擇搭纜車，一路上聽著他們的旅遊經驗，感覺是隨遇而安的旅客，我怎麼建議，他們都說好，所以隔天又約了一起喝下午茶，最後我們變成好朋友，他們每隔一兩年，也都會來奧地利旅遊一次。

旅行是很主觀的，大家追求的都不一樣，以前我會喜歡走很多景點，但是現在更喜歡放慢腳步。

Republic of Austria

開始在免稅店的工作

在薩爾斯堡這麼久，我完全不知道有中國人開的免稅店。在薩爾斯堡會認識一些來學音樂的學生，當時臉書已經很發達，因此只要在奧地利發現有台灣人，都會想認識並且加好友。

一位在莫札特音樂學院的台灣學生宇盟，有一天在路上遇到他，他隨口問問，免稅店在招人，會說中文就可以，問我要試試看嗎？我毫不猶豫地說好。經過宇盟的介紹，免稅店老闆娘馬上打電話給我，並且約了面試時間，老闆娘很簡單的問了我幾個問題，馬上就問我可以上班的時間，後來我選擇先當工讀生試試，即將嘗試不同行業，我還是會害怕不適應。

很快我馬上就在薩爾斯堡的免稅店上班，是兩層樓的店面，裡面有賣施華洛世奇（Swarovski）首飾、新秀麗（Samsonite）行李箱等，地下室還有一層賣的是雙人牌（Zwilling）刀具、WMF高壓鍋、瑞士刀、莫札特巧克力等一些大家會買的伴手禮。

老闆和老闆娘比較喜歡接待大型團體，比如中國、台灣、泰國、韓國及新加坡、馬來西亞那邊的團體。因爲只要團體一進來，半小時就可以讓老闆他們一次賺比較多的金額，至於爲何沒有日本團，我也不好問原因。

剛開始我的工作在樓上，因爲樓下需要會叫賣，常常像菜市場一樣很熱鬧，我實在太害羞，在樓上稍微可以比較優雅，畢竟賣的是施華洛世奇的水晶。在這間免稅店，你最大的功能就是銷售，幫忙賣出東西，我是在這個職場，鍛鍊出我的膽量。

老闆娘很漂亮，是個來自東北的女孩，但是卻很溫柔，沒有我們想像中的強悍，老闆則是廣東人，他們有一兒一女，老闆娘的爸爸一直住在奧地利幫他們帶小孩。我恬淡的描述這些過往時，其實已過了六、七年，老闆娘爸爸如今也不在，很壞念和他坐在店門口，聽他說著今天做了什麼菜，因爲他超級會煮飯，每到中午都聞到他們吃飯的飯菜香。

第一批的同事很多是台灣和中國留學生，還有一位韓國姊姊，免稅店的工作很簡單，早上大家一起做簡單的打掃工作，像吸地板、擦玻璃、拖地、打掃廁所等。

我印象深刻的是，老闆覺得我拖地拖不乾淨，但我明明是和其他同事一樣，用一樣的方法拖地，我實在不好意思和老闆說我從小到大沒有做過這種事的經驗。老闆說我拖地太糟糕，就變成其他同事負責吸地、拖地，我只負責擦玻璃，但是連玻璃都擦不好，有一次老闆娘低頭說了一句話，玻璃都擦不好，但是「發團」倒是不錯，等等會提到什麼是發團。

清潔工作結束後，就開始上架昨天樓下賣完的巧克力，有時候早上要搬很多巧克力到樓下，其實就是體力活，但是我不怕體力活，我只怕打掃，因爲我眞的和這件事無法和平共處，我眞的不知道要怎麼整理家務。

有時候會進貨，進貨要幫忙拆箱，然後把貨放到老闆指定的地方，但是不是每天都這麼忙，有時我們反而希望團多，因爲團多時間過得很快，老闆他們心情也會更好。每天都和同事祈禱今天團多多，但有時團太多我們又會累到臭臉，眞是兩難。

遇到團體來的時候，會讓團體先下樓買巧克力、刀具等商品，店裡的祕密武器就是洗手間，因爲大家會爲了免費廁所而來，但是只有一間，客人在等待廁所的時候，同事們就會發揮厲害的叫賣功力，大部分團體都會買一堆東西，買完上樓後，繼續看有沒有要買其他精品。樓上樓下氣氛差很多，就像兩個世界，一個很像在市場，一個又回到精品店的感覺。

至於什麼叫做發團呢？這是免稅店一個重要工作，就是看到對面的大巴士停車場有人下車，只要是亞洲人，都要去跟他們的領隊發傳單，告訴他們這間免稅店賣些什麼，然後希望領隊帶客人來買東西，可能有幾次我去發了傳單，讓比較多的領隊知道這間店，然後生意變得比較好，因此有一天老闆娘告訴我，以後我就負責在外面看著遊覽車，去和領隊們打好關係。

剛開始我是非常不適應，因爲每次去發這些傳單，遇到機車的領隊時，就會被他們白眼，一開始我也很在意，但是漸漸地我覺得這就是我的工作，而且我只需要顧好遊覽車就行，老闆和老闆娘也對我很好，何樂不爲。也因爲這樣，我反而認識很多在奧地利的華人導遊，還有台灣旅行社的領隊。

當時免稅店生意非常好，每天我們都有超過十幾個大團體，從進到店門口的那一刻，就開始忙得沒完沒了，基本上都要到下午空檔時間，大家才有辦法輪流去吃飯。店裡規定不能用手機，但我們在忙完幾團後，會偷偷打開戒指櫃下的置物櫃，看一下手機有沒有重要的訊息要回覆。（也許現在老闆正看著我的文字，哈！但我確定你也知道我們會偷偷使用。）

在店裡也會觀察不同國家的領隊如何對待團員，像韓國領隊很兇，團員很聽話，中國的領隊很有魄力，台灣團的領隊比較客氣。購買東西時，台灣團比較有禮貌，韓國團激動時就會推人，中國團聲音比較大。

我在免稅店的時間有五年，其中經歷了婚姻的低潮、從事一日遊及經營民宿，也是在這間店發覺其實我可以用大嗓門叫賣，甚至我現在做著最愛的工作，都是從這裡開始累積經驗的。

至今，只要我有走奥捷路線，團員需要買任何老闆有的東西，我都會推薦，老闆也給我足夠的面子，打折後確實很優惠，包含來自由行的朋友，都覺得我很「罩」，讓老闆給他們很漂亮的價格。

開始經營民宿

因爲部落格盛行，認識了瑞士民宿老闆Ricky，在一個夏天，我和朋友一起去拜訪他位於瑞士貝林佐納的民宿，當時的Ricky已經做民宿好幾年，他布置的民宿很溫馨，而且有一個非常棒的陽台，我們還在擁有無敵美景的陽台上烤肉，隔天還去他們家附近義大利語區的湖畔玩。

住民宿和飯店的不同，就是民宿多了點人情味，再加上如果遇到台灣人，還可以在旅途中給一些意見，讓旅客有一點安全感，至少我那次在瑞士的體驗非常好！

一開始根本沒有想過要經營民宿，但有一天粉絲專頁一位女孩Enya問我，她說和老公要來歐洲自駕遊，想問我有沒有推薦的民宿，那段時間公婆剛好在新加坡工作，家裡多出了一間房間，於是就讓給那對小夫妻住兩天，我和H先生還和他們瘋狂地跑去慕尼黑吃火鍋。

那個時候我的經濟能力不是那麼好，Enya很體貼我，在市中心買LV都不敢讓我看到袋子，還從台灣帶了許多家鄉味的拌手禮給我，但從那時我心裡面也開始想如何經營民宿這件事，當時台灣人開民宿的不多，維也納有幾位前輩從無名小站時代就開始在經營民宿，薩爾斯堡甚至有一整棟台灣人開的民宿，幾乎背包客只要來，都會去住。但畢竟我當時住的地方不是自己的家，還無法在民宿這一塊有其他的想法。

搬出婆家的契機

在一個復活節前夕，H先生在工作的地方，傷到手臂緊急送醫，因爲開刀，他在醫院待了一周。

當時Ｈ二哥的女朋友，剛好來找我們，Ｈ先生也閒閒在家，大家就在家裡看起了租屋網，二哥女朋友看到一間在薩爾斯堡郊外的公寓，Ｈ先生覺得不錯，出院後馬上就和房東約好，這是一個奧地利很特別的方案，買加租公寓，一個月繳八百二十歐，押金要兩萬歐元，但是當你住到二〇二〇年後，你就有資格可以購買，押金和每個月的房租都可以算進去折抵買房總價，我們覺得非常划算，於是去看了房子，很快的就成交，復活節是四月中，我們五月中就搬進去了。

當時我剛找到工作，沒有工作的時候就和Ｈ先生去看家具，公婆對我非常好，搬家那天知道我必須要上班，也一起來幫忙，等到我下班回到新家，看到家裡從沙發、餐桌、衣櫃、床等所有的家具擺設都已經完成，全部都整理好了。

這間公寓一廳一衛、兩房，有一個大的開放式廚房加客廳，因爲客廳很大，所以我們買了一個超大沙發，兩間房間，一間主臥，一間客房，還有一小間放雜物的小倉庫，一個很舒服的陽台，房子前面有一條小溪，所以睡覺開窗戶可以聽著小溪潺潺流水聲。

搬進新家後，分時段請親朋好友都來玩，常常在新家追劇耍廢，在家烘培、煮飯，眞的是一段非常美好的回憶。

正式開放民宿預約

新居落成後，我在粉絲專頁開始開放大家來預約住宿，運氣很好的我，五月底就開始有客人，陸續到暑假七八月，幾乎每周都有人來住，當時開放一個房間給客人，如果客人多的時候，我們就會讓出主臥房睡客廳，每天會準備早餐給客人，接待的客人，以台灣、香港、新加坡、馬來西亞爲主。

印象深刻的是，我曾經接待一組台灣的老師，他們來奧地利長住一個月，但事前沒有溝通好，產生一點點誤會，因爲我以爲他們是來這久居，單純住在我們家就可以，沒想到是要我們幫忙準備三餐和安排他們出去玩，當時經驗不足，抓不住台灣人的旅遊型態。

還曾遇過一對夫妻，成功推薦他們去吃附近的義大利餐廳，它的義大利麵很好吃，民宿客人幾乎都會去吃，他們也是唯一去過我推薦的私房景點，那裡搭火車前往，還要走四十五分鐘才會到健行的入口，接著還需走個約三十分鐘的路程，非常不簡單。他們是第一組去我推薦的祕境，到現在我們也都還有聯絡，也在臉書看著他們從備孕到可愛的雙胞胎誕生。

好多印象深刻的客人陸續被我想起來，有畫家老師一行人，老師走到那裡都會留下他的畫作，還有可愛小女孩小希，每次我們在吃東西，她就會一直盯著看，超級可愛。

除了亞洲的客人，還曾經接待過外國人，印象深刻的是一對美國夫妻，因爲他們體型比較大，嫌棄我的床太小，也許對於外國人來說，我選的床眞的比較小，當時用的是雙人沙發床。還有俄羅斯來的兩對夫妻，但在房間發現白白的粉，不知道是什麼，到現在還是一個謎。後來覺得接待文化不同的外國人，比較容易碰到怪怪的人，因此還是以台灣、香港、馬來西亞、新加坡的客人爲主。

還有打工換宿接待過一組客人，他們還去買食材煮飯給我們吃，現在想起來，那頓飯的食材就花了他們不少錢，如果你們也在看我的書，快來奧地利，讓姊再招待你們。

也曾經有一組住在奧地利格拉茨（Graz）的女孩帶一家人來玩，發生了一點誤會，現在想想是我不好。當時我工作很忙，幾乎都不在家，所以把房間全部讓出來給他們使用，浴室確實放滿我的東西，讓大家都沒空間可以放東西，所以她寫了一段留言給我，後來不是開心收場。

我想和他們說聲抱歉，很多事情如果沒有時間回想，很多人終將錯過，很多事也沒有結果了。

Republic of Austria

開始接觸旅行社

歐洲當地旅行社有很多需要說華語的導遊，提供華人在歐洲旅行。其實每個國家都有很多華人導遊，疫情前生意是非常好，在德國慕尼黑可以說是一周出一團，而且每一車都可以有三十人以上。尤其是東歐線非常夯，當時他們需要許多會說中文的華人，所以我就自告奮勇毛遂自薦。

第一次接觸的是遊覽車領隊助理的工作，以前在免稅店看到領隊們，都是意氣風發，每個都打扮得很漂亮，自信滿滿的感覺。當時在免稅店工作的我，以爲領隊在遊覽車上都可以休息，殊不知領隊的工作眞的是累人，尤其我只是助理，更悽慘，每天一早六點就要起來，晚上住宿則是要和落單的客人同一間房，本以爲這只在歐洲發生，沒想到幾個領隊朋友和我說，他們也常是要和落單的客人同一間房。

每天集合，上車算人數，開始要做一些雜事，領隊對我很不客氣，但因爲我眞的很想要一份工作，所以就忍耐，也許當時讓我忍了一身功夫，現在面對比較無理的客人，可以先忍受，再慢慢消化。

最辛苦的其實就是拉車，尤其當時華人旅行社賣的行程非常便宜，標榜每天玩一國，其實眞的有點舟車勞頓，因爲有時候光是一個點就要拉車將近六小時，比起現在我覺得最辛苦的從維也納到布拉格的三．五小時（含逛超市加上廁所），根本不算什麼。

曾經遇過一個中國領隊，在布拉格身上的錢被偷，大約有一萬多歐元，當時領隊遇到扒手眞的是很頻繁。還有領隊也是會被客人霸凌，客人有時候會利用群組，一起罵旅行社或是直接群體說領隊的不是，雖然客人有時候也許是正確的，但這樣的行爲會讓領隊很難受，因爲大家都很辛苦，有時候眞的是天氣或是塞車等一些因素無法避免，只要大家多多包容，就會讓整趟旅程更開心。

當時我沒有學到什麼重要的知識，不過我的抗壓性更強了，也得到一些啟發，因此現在我才能把我喜歡的旅遊方式推薦給大家。我很感謝這個工作，因爲它造就我之後更加地深入了解旅遊這行業。

莫札特故居，容易走過沒注意

米拉貝爾花園

① ②
③ ④

① 民宿餐桌角落
② 客房一角落
③ 我最喜歡的陽台
④ 民宿的廚房角落

薩爾斯堡人的日常，喜歡去山上散步

卡比地廣場

薩爾茲堡夜晚非常美麗

薩爾茲堡近郊的馬特塞

維也納卡爾廣場

Besucht meine Kirche.

分開前的最後一個聖誕節，美泉宮聖誕市集

Chapter

5

婚姻開始亮紅燈

Republic of
Austria

Republic of Austria

柴米油鹽醬醋茶

看似很多小事，但是這些小小的事，如果沒有消弭，長久累積，往往只會演變成更大的衝突，一發不可收拾。

婚姻畢竟是兩家的事，婆家對我再好，也會有一些生活中的小事，產生一些不愉快，比如前婆婆很喜歡干涉我和Ｈ先生的私事，也喜歡介入我的交友圈。最不喜歡婆婆的是，每次都會通知我，有哪個朋友要過生日了，要我和Ｈ先生一定要記得打電話去祝賀，只是當時我連自己的生日都懶得過，我不懂爲什麼平常很少交集的人要在生日那天，突然出現祝賀，如果我是眞心想要祝賀，我自然會主動，不需要別人告訴我，該怎麼做。

Ｈ大哥有兩個小孩非常可愛，我們搬出去後，我也會主動的邀請大哥大嫂來家裡玩，吃個飯或是喝咖啡，兩個小孩覺得跟著我們很開心，我們也很樂意帶他們出去看電影或是吃義大利麵，甚至也會一起做飯，這都是我喜歡而做出來的舉動，不喜歡的人我實在裝不出來。

生活中和Ｈ先生會有一些生活的大小事起爭執，其實這些都是夫妻應該要學的課題，但當時也沒有去面對，只是一味的生氣。在我們剛結婚的第二年，Ｈ先生去參加一場生日會，簽了一份保險，簽完後才告訴我，這份保險是儲蓄爲主，繳六年後就可以退款，結果六年後只退了不到一半，因爲其他部分，要等到本人出事才能領。他沒有了解就簽了，我覺得他怎麼這麼容易就相信人？

還有一個吵架的點，我不喜歡Ｈ先生抽菸，在他們家人聚會時，他和哥哥們，還有大嫂、二哥女友聚在一起抽菸，一家人的菸味讓我很不喜歡。很蠢的是，我居然會要求Ｈ先生戒菸，現在回想起來，怎麼會想要去改變一個人呢？然後還爲了怕他抽菸，每天都在檢查，想起來實在太可笑了！

很多事情也是一路摸索，步入四十歲才慢慢體會，你不用想去改變任何人成爲你想要的樣子，只能自己去調整自己。

Republic of Austria

開始漸行漸遠

生活漸漸好轉，步入軌道後，反而會忽略很多生活中的小事，當我發現後，已經是到了無法補救的地步了。人生並不是十全十美，總是會失去一些很重要的事物，才會發現這些小事情是多麼重要。

和H先生一路走來都很順遂，但是這幾年的變化，也許是我本身個性太差，或許是我沒有在台灣出過社會，沒有抗壓性，讓我的脾氣逐漸變得暴躁，對身邊的人易怒，只要遇到一點小事，我就開始暴怒，非常不喜歡當時的自己。

我不解哪裡出錯了，在沒有正式工作的七年，除了打工送報紙外，我生活沒有壓力，H先生和他的一家人也對我很好。但是那幾年讓我失去重心，感受不到生活的意義，只要不如我的意，我就會暴躁生氣，講話容易帶著一種語言暴力，身邊的朋友也常告訴我，不要對H先生這麼兇，但是我卻控制不了我自己的脾氣。

後面一年我不發脾氣了，因爲我工作很忙，根本沒有時間，但是工作卻悄悄地把我們距離越拉越遠。因爲我太想要一份工作，所以免稅店我一周上班四天，其餘的三天我都會去慕尼黑帶團，大家都不愛在周末工作，但我每周自告奮勇。

我無法體會H先生那時的心裡感受，因爲我太想要擁有工作，怕失去好不容易爭取到的工作機會。

Republic of Austria

瘦身之路

來到奧地利半年，我因爲沒有運動、飲食不習慣，常常去吃麥當勞、大吃大喝，第一次婚後回台灣，就胖了七公斤，然後一路體重慢慢上升，我一百五十二公分的身高，就快接近六十公斤，這眞的非常可怕。

在我去免稅店上班前半年，我開始控制飲食還有運動，成功甩了八公斤。沒有工作的我，看著鏡子裡肥胖的自己，常常覺得自己沒用，受不了這樣的自己，於是下定決心，這是唯一一次我很有恆心的減肥，兩個月持之以恆，每天走十公里的路，中午一餐正常吃，晚上只會吃蔬菜，奧地利蔬菜選項比較少，所以我幾乎每天晚上都吃一顆綠色花椰菜。

兩個月後，我瘦下來，後來就一路順暢，除了進去免稅店工作，自己也多了些許自信，工作越來越順利，但除了婚姻，一沒有注意到就越走越偏了！

Republic of Austria

忽然之間，我們無話可說了

最後幾個月，我們夫妻之間的相處，開始各做各的事情，連睡覺時間都是分開，每天晚上H先生在睡覺時，我都在追劇，兩個人漸行漸遠，開始沒有交集了。

不知道從什麼時候開始，彼此不再交談，後來回想，應該說我們之間從來不曾分享過心事，甚至連自己心裡的想法都很少和對方說。

最可怕的是，有一天我們去吃一間好吃的亞洲餐廳，從點餐、吃飯到結帳，我們居然一句話都沒有說。想到以往我們會為了吃好吃的東西，周六晚上八點衝去慕尼黑，車程要花五個小時，就為了吃我們最愛的火鍋，那一家火鍋店假日開到早上五點，每次去慕尼黑吃完火鍋，我們在車上小睡片刻後，就開始工作，送周日的報紙。

很難想像當時我們連棉被都放到車的後座，就爲了一起去享受美食，到後來我們去吃飯，一句話都沒有說，那個時候，心裡已經有些許的明白，我們好像走不下去了，只是沒有勇氣面對這件事。

Republic of Austria

我們分開吧！

最後一次的爭吵，原因絕對很無聊，因爲小到我現在完全忘記是什麼事情。但是我很清楚，看著Ｈ先生對我的不滿，心理發出了一個聲音，放過他吧！於是我下定決心和Ｈ說：「我們分開吧！」Ｈ先生想必也是忍受許久，所以他回答：「好，但房子的事情怎麼處理？」

我和他說，房子我想繼續住下去，和你家人借的頭期款我會還。但其實對當時的我負擔還是有一點，但是我想要撐下去，因爲那個房子是我和他一手打造出來的，我們分開後，他一定也負擔不了，但是我想要繼續住下去，延續這個緣分。

當下我們兩個都大哭，就算感情沒了，我們也曾經像家人般的親密，所以還是很不捨。

哭著找公婆

那是一個下雨天，我在免稅店上班時，心裡面承受了很多煎熬，因爲我們雖然分開，但是怕家人擔心，所以什麼都沒有說。

我覺得事情藏在心裡非常難受，記得那天下著雨，我們住的地方其實離他們家有段距離，但我直接坐公車到他們家，婆婆一開門，我就受不了直接大哭，告訴他們，我們之間發生的事，因爲他們是我在奧地利唯一的家人了，當天晚上公公還特別送我回去。

經過三年的低潮，現在回想起這件事情，我已經不再感到恐懼了。

Republic of Austria

離婚

我們是在年底分開的，但是年初已經一起買好回台灣的機票，所以後來還是一起回國，我在回台灣的這一個月，我不斷地想，我們是否可以再試一次，但其實一切都來不及了。

在台灣Ｈ先生很享受自己一個人的時光，他和粉絲見面、去認識新朋友，並且和好朋友一起去露營，而我也是和自己的朋友去玩，回奧地利後，我們還是去事務所登記離婚的時間。

我結束了我的婚姻，一個看似短暫，但對當時不到三十歲的我，已經占了我人生的三分之一。

離婚後的我，是一個新的開始，後面發生許多我想都沒想過的事情，時間逼迫著我不得不前進，想起來很多事情已經覺得很陌生了。

當時因為沒事做，所以開始寫旅遊文章，偶爾會上 Yahoo 頭版，樂高樂園那篇就是我當時的文章

Julie、Jessie 和我一起參加梅子的婚禮

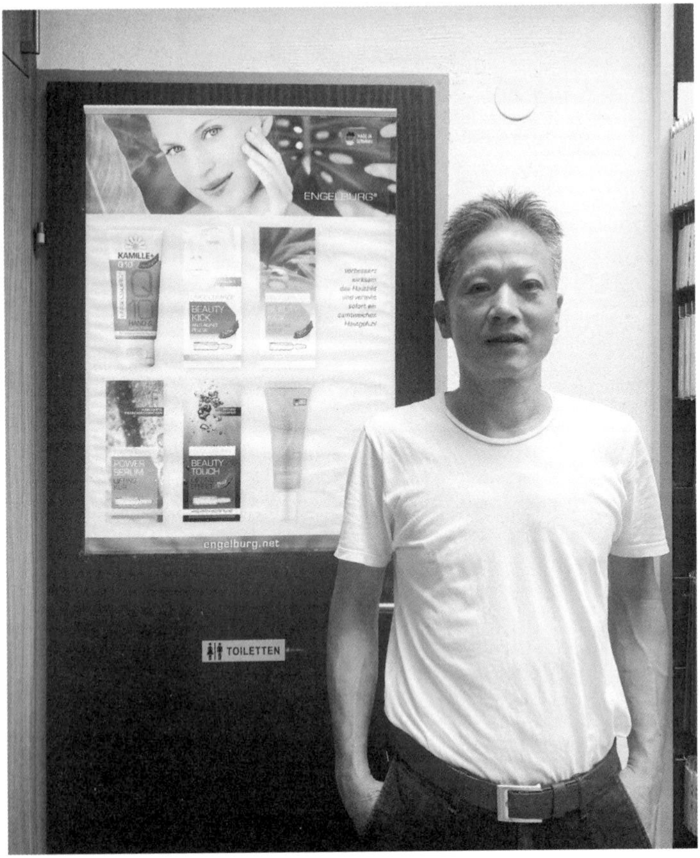

免稅店許老闆，在我人生最低潮，讓我在店裡工作

①德文考 B2 時的同學，時隔 5 年我才又去上課
②因為逃避，所以很喜歡和朋友出去，在聖誕節前夕遇到山怪

奧捷第一屆春之旅因為冷氣團來訪變成冬之旅

Chapter

6

開始帶團

Republic of
Austria

Republic of Austria

《作客他鄉》節目訪談

有一天，我收到訊息，客家電視台《作客他鄉》在找海外的客家人，他們想在奧地利做一個單元，預計在奧地利首都維也納、格拉茨、菲拉赫、薩爾斯堡訪問各地的客家人，藉由這節目，也讓我看到住在奧地利很久的前輩。

當時，是免稅店最忙的時候，我幾乎天天上班，一邊在免稅店工作，一邊經營民宿，客家電視台前來拍攝時，我特別請了兩天假，安排劇組住在我經營的民宿。

電視台來了一組團隊，有一個專業攝影師、導演，加上主持人和節目企劃。主持人叫做黃湘婷，漂亮且清新脫俗，還得過金鐘獎最佳女主持人，這幾年我也有在「發摟」她，她還主持Discovery《瘋台灣首遊》、參與電影戲劇等演出。

第一天和劇組在火車站見面後，就開始拍攝，我先帶他們去薩爾斯堡走一圈，介紹怎麼買票，坐公車直接進去市中心，第一站是薩爾斯堡現在最多遊覽車上下車的點，也是我工作的地方，免稅店的正對面。

再來，我們走到米拉貝爾花園拍攝一段訪問，米拉貝爾結束後繼續走到莫札特故居，介紹他們吃了熱狗堡，更特別的是，我們一行人還搭公車去我前公婆家，訪問一下我住了近六年的地方。

最後，劇組一同前往我曾經送報紙的小鎮，位於瓦勒（Wallersee）湖畔，到幾間我印象深刻的房子，當初我還從台灣帶回橡皮筋，因爲捆報紙需要橡皮筋，奧地利的太貴，每年回台灣都要帶好幾包橡皮筋，不得不說，台灣橡皮筋質感眞是好。

這是一個很特別的回憶，平常電視上輕鬆看到的節目，是需要花很多時間去製作的，節目組的成員也沒有時間出去玩，都認眞地進行拍攝工作，我突然覺得我的工作太幸福了，大家有空可以去看看《作客他鄉》奧地利薩爾斯堡這集。

Republic of Austria

馬來西亞旅行團

某一天，粉絲專頁傳來一位馬來西亞朋友的訊息，她說想要帶朋友們來奧地利玩，去我推薦過的私房景點，請我幫他們規劃在薩爾斯堡的行程，這是我第一次接觸到揪團玩歐洲的團體。

我決定試試看帶這種大團，因爲我自己的經驗也不是很足夠，接觸的都是旅行社，行程都是按表操課，第一次可以自己排行程，讓我覺得很特別。

團主Doreen是位可愛短髮的女孩，在馬來西亞擔任老師，她和老公第一次來歐洲蜜月時，就愛上了歐洲。第一次的見面，我很害羞的和團員自我介紹，當時眞的很嫩，在旅行社帶團的時間根本輪不到我說話，她帶著一些親朋好友，還有她先生、小孩和媽媽，這是我第一次與馬來西亞旅行團接觸，我覺得直率的馬來西亞人好可愛，他們搭乘的遊覽車很舒適，司機也很棒，我發現原來自己揪團是如此好玩。

在指定地方和馬來西亞團碰面後，先去薩爾斯堡的近郊搭纜車上山，然後下午走私房景點，那個景點是當地人才會知道的地方，因爲我在奧地利的家庭生活過，知道當地人假日喜歡去哪些地方走走，那邊完全不會有旅客，一直到今年二〇二三年還是沒有看到任何旅行團，如果有機會帶大家去玩，這個點絕對推薦大家去。

跟著馬來西亞團一起到了阿爾卑斯山，當地居民安排了一個親近大自然的小健行，我覺得這樣的旅行眞棒，也讓我心裡有了些許的想法，不過當時工作實在太忙，還沒有辦法做任何事情。

過了幾個月，馬來西亞團又再次來到奧地利，Doreen 一樣找了我。

中間我們有不斷地分享彼此的想法，所以第二次的合作，我慢慢開始和她討論之後我想要做的事，我一直希望可以做屬於自己的行程，那一次我下定決心，也很快速的和Doreen討論我想要的方式。

於是，我開始在臉書粉絲專頁，詢問大家有沒有興趣來奧捷旅行，讓當地的達人帶領。因爲這樣，讓我的生活產生了很大的變化，到現在我都很感謝生命中的貴人。

Republic of Austria

Christine第一屆奧捷之旅：出發

二〇一七年，我在臉書上詢問，有沒有人要和我一起玩奧捷呢？這是我的第一次揪團，沒想到反應非常好，不到三天就滿團，詢問的人超乎預期的熱烈，特別感謝第一屆的團員，因爲現在讓我印象最深刻的也是你們呀！

那個時候因爲揪團還不算很盛行，加上這是我的第一團，所以很多團員擔心會不會被詐騙，當時我只能更認眞地回應大家的各種問題。

第一屆奧捷之旅，我們一起玩了布拉格、ＣＫ小鎮、哈修塔特、薩爾斯堡，還有私房景點，外加阿爾卑斯山住一晚，第一次帶團是Doreen陪著我，給了我很多指點，包含訂房的注意事項等等，後來我才開始用了大家都很熟悉的馬丁。

如果有追蹤幾年前我的臉書，都會知道馬丁，因爲他是Christine第一屆開始的御用司機，就算疫情過後的Christine第一團，都是馬丁熱情來幫忙，馬丁和我的感情非常好，他陪著我從零開始起步。

團員裡面的High咖很多，馬丁第一次和大家見面就大放送，送每個人一瓶捷克當地的啤酒，結果團員太熱情，一早上車就開喝，台灣人「呼乾啦」的文化嚇到馬丁，後來第二屆，馬丁改成送礦泉水。

第一次帶團，有很多不足的地方，謝謝第一屆奧捷的團員對我的包容及鼓勵，當時帶捷克沒經驗，很有名的餐廳，我居然沒有事先預訂，但好在有捷克的學生Charlene幫忙，現在已經是老闆娘了，還自己開公司。

很深刻的是，我們是預計三月中出發的春之旅，卻讓團員遇到歐洲寒流，在阿爾卑斯山碰到了積雪，比冬天還要冷，雪積得有夠深，春之旅瞬間變成冬之旅。爲了要去阿爾卑斯山，我們拉車拉蠻遠去到提洛邦（Tirol），一個很遠的鄉下地方，遇到積雪，還在民宿後院和雪拍照，拍得不亦樂乎，結果被主人罵，一開始不是很明白，後來才知道積雪會讓你看不出來前方是路還是懸崖，現在想起來，好險民宿老闆趕快制止我們，不然眞的很危險。

第一團的團員我全都記得，高雄燉肉店帥氣的老闆和女朋友、第一組報名的熊大、兩組朋友搭檔、一組姊妹檔、爸媽帶著可愛女兒出遊、姊弟帶媽媽來玩、兩組老師的蜜月旅行、一組夫妻檔……，還有一位獨立旅行的漂亮女孩。

有一天下雪的夜晚，也讓人無法忘懷，我們在湖畔民宿，人手一杯啤酒，「皮皮剉」坐在湖邊一起聊心事，那天我在團員面前不知道說了多少的祕密，也在湖邊民宿幫一位陪鄰居來玩的團員慶生，後來在阿爾卑斯山還遇到團員胃痛，好險有驚無險。

第一團因爲不熟練，讓幾位團員覺得我有點手忙腳亂，感謝你們給我成長的空間，讓我後面的團都越來越棒，有朝一日你們再次參加我新的行程，一定會發現，因爲有了第一團經驗，造就我後面的團都非常成功，感謝有你們的出現。

第一團結束後，我整個累到不行，但歷經幾年鍛鍊，現在我可以連續兩三團都沒問題。

第一次穿奧地利傳統服裝走國王湖

爸媽第二次到訪

每一團都要拍網美「照騙」

爸媽第二次來，帶他們去湖區散步

馬來西亞團長

馬來西亞團長的先生，是很厲害的攝影師

我的最好夥伴馬丁 (Martin）

奧捷第一屆出發

一樣回憶滿滿的第二屆

奧捷第三屆

高中閨密瘋狂來訪

奧捷第四屆

古老的蒸汽小火車

Chapter

7

新冠病毒降臨

Republic of
Austria

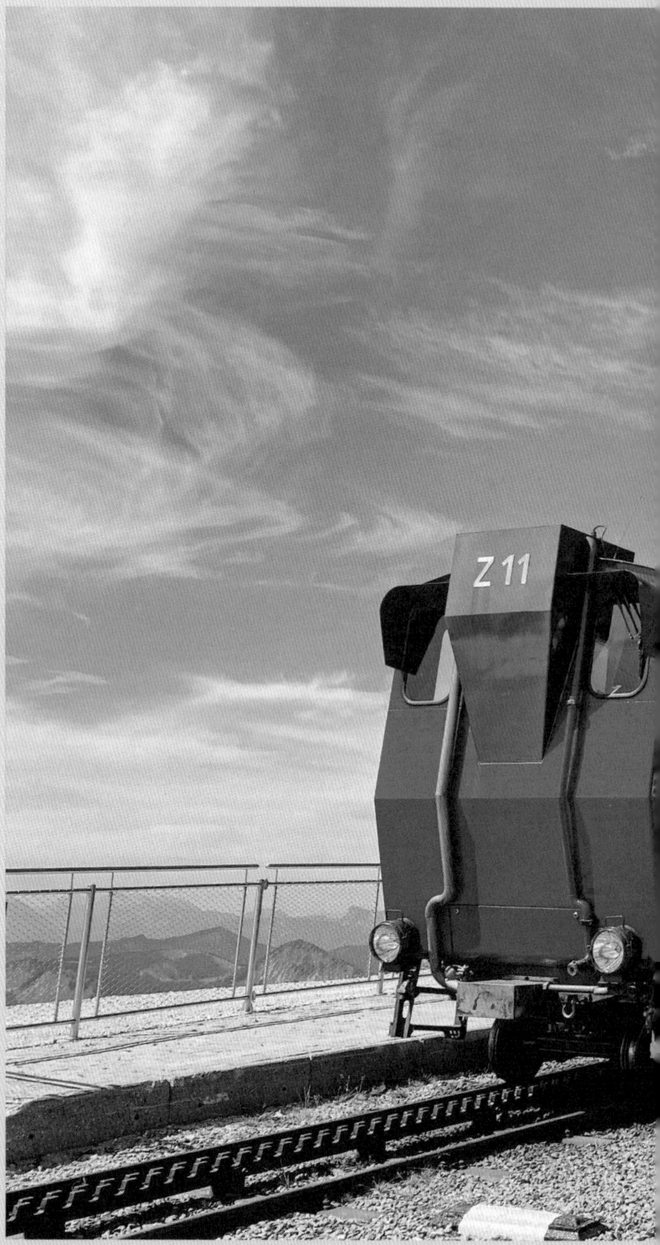

Republic of Austria

新冠病毒侵襲全球

揪團玩歐洲後，我開始忙碌，平常在免稅店工作，揪團玩奧捷的時候我就請假，老闆和老闆娘對我真的很好，讓我可以帶團也可以守住工作。我順利的在兩年內揪了十一團奧捷團、一團德瑞團，揪團過程我充滿了熱忱。

疫情前最後一團，第十一屆奧捷聖誕團結束後，我得了流感非常難受，那時候差兩天就聖誕節了，我卻生病，一直到元旦都沒有好轉，我選擇先回台灣。當時二〇二〇年的團，已經排滿了，回台灣還想說，好好先休息一下，殊不知，這一休就休了快三年！

從台灣回奧地利後，還沒過年，家裡民宿還有接待兩組客人，沒想到過完年後，疫情大爆發，從中國開始，接著台灣也遭殃，當時義大利馬上限制台灣人入境，我每天關注新聞，擔心會不會影響我三月份的旅遊團，因爲剩下一個多月了。

可是疫情越來越擴散，很快的台灣人開始不敢出國，怕出國萬一感染，會造成台灣的負擔，每天我都很關切台灣疫情，殊不知，義大利疫情也開始爆發，滑雪季一結束，整個歐洲基本全部被病毒侵襲。

最後一次旅行是在壓力下結束的，去了一趟柏林，去的第一天歐洲就宣布封城，也宣布是第三級警戒區，原本對於我的團還抱著一點希望，這一刻全毀了，在柏林我放棄德瑞團、捷克團和奧捷團，也開始經歷我人生的第二段低潮期。

Republic of Austria

封城下的奧地利生活

二〇二〇年疫情開始，旅遊業跌到谷底，不但旅遊業遭殃，所有相關行業都很慘，包含精品店、紀念品店，還有觀光景點區，全部都被影響。

奧地利三月開始封城，除了超市、藥房、生活用品、藥妝店可以營業，其他都要先暫停。連餐廳也一樣關門，並且限制大家的生活，不能聚會，也不能出去玩，我原先在一間手工包店工作，但因爲不能營業，所以開始每天在家，當時還沒覺得很嚴重，樂觀地和三月德瑞團的團員說，不然我們延期到十月，大家也欣然同意，完全不知道這個新冠病毒的威力，不是幾個月就可以解決！

封城時間都是一個月開始起跳，所以要自己找事做，那時每天唯一的小確幸就是可以去超市買菜，就算沒有要買菜，因爲太無聊了，每天還是會去超市報到。在家的時間一久，每個人都變成大廚，都會做好吃的食物，麵包、蛋糕，甚至包水餃等樣樣來。家裡的陽台原本幾乎都沒有用到，疫情期間，放在陽台的躺椅，天天都可以用到，只要天氣好，就會在外面看書、吃早餐，連平常沒有時間追劇的我，不但看韓劇、陸劇、台劇，甚至連美劇和西班牙劇都看了，從來不玩遊戲的我，開始玩手機線上遊戲，玩得非常瘋，現在想一想，那時候時間眞是有夠多啊！

我每天都在臉書、ＩＧ上和大家一起加油打氣，傳達「Taiwan Can Help」，一起收看當時衛福部長陳時中下午兩點的記者會，我還從台灣買了一堆口罩來奧地利使用，但沒想到奧地利改成只能使用 FFP2 歐盟認證規格的口罩。

大約七、八月的時候，奧地利比較沒這麼嚴格，我開始會去拜訪朋友，疫情前我實在太忙碌，總喜歡和朋友說我會去找你，然後都被朋友說，我說了好幾年都沒有實現，所以我決定要開始拜訪幾位住得比較遠的朋友，並且去一些我以前很想去，但是沒有去過的私房景點，也和住奧地利的台灣朋友一起去湖區度假。

一開始我的臉書粉絲專頁追蹤人數才三萬多人，在疫情那一年，追蹤人數來到了十萬，自己也在疫情期間，休息了好長一段時間。

Republic of Austria

意外開始代購

疫情到來，對我的影響自然很大，我失去了工作，還要爲自己揪團付出代價，當時瑞士的飯店錢已經幫大家先墊付，可是遇到疫情，沒有誰對誰錯，我也不想去要求台灣這邊的朋友賠償，所以我選擇把團費全數退還給團員，每天都有團員鼓勵我，疫情過後，就會再來玩，但是一年、兩年，還是一樣，疫情完全沒有起色。

某天免稅店老闆娘突然聯繫我，她說免稅店有很多咖啡豆、德國安瓶、牙膏，甚至時空膠囊，看來短時間不會有團體來，問我能不能幫她賣掉，她可以給我很便宜的價格，於是我在粉絲專頁試了一下，沒想到在大家的支持下，咖啡豆賣了二百包以上，牙膏直接賣掉一千多條，也把時空膠囊的存貨都售出了，一直到現在，很感謝大家，在我絕望的時候，給了我很多溫暖。

只是代購這條路非常辛苦，從一開始開團，幫大家買東西後，家裡永遠很亂，第一次代購，經驗不足，第一批七十公斤的貨，運送到台灣面目全非，鐵盒包裝的限量版小紅帽咖啡粉被撞擊的歪七扭八、護手霜擠爆好多條、咖啡豆的外包裝也破裂了，有好幾包豆子都掉了出來。

但是有好多天使買家，他們居然告訴我，可以接受沒關係，甚至有位姊姊擔心我會賠錢，直接買下破損的咖啡豆，爲了讓我安心，她還說她每天都喝好幾杯咖啡，一下子就喝完，要我不用擔心。前年回台灣我們還有碰面，一起吃飯喝咖啡，眞的非常感恩。

每天早上就是不斷地接收私人訊息，一個一個的回答，然後計算商品數量，到德國買貨，回家點貨、包貨、寄貨，運送到台灣後還要開始一一詢問客人，核對商品金額及數量，確認寄件資訊，請小幫手寄貨並通知寄出。有時候商品會損壞，就要通知客人，有時候運送到台灣數量就是不一樣，也發生很多次客人的商品損壞，費用就要自己吸收，再買一次，再寄一次。

感謝奧地利的台灣朋友幫忙介紹貨運公司，及信任我的所有買家，在我最黑暗的時期，因爲有你們這麼多人和我買東西，讓我一年來可以挺住，忙碌的生活也讓我沒有時間想太多。

感謝台灣的好朋友，小豬、小秀當我的小幫手，陪著沒有經驗的我，一起進入這個行業，也陪著我一起摸索這份工作，到現在，我已經很熟練了，都是靠大家的幫忙才可以慢慢完成。

Republic of Austria

回台灣沉澱十個月

疫情當中正式成爲單身，我剛好利用這段時間回去陪家人，於是我回台灣了。

當時回台灣非常嚴格，必須隔離十四天再加上七天自主管理，那段時間可以說是我在台灣最常在家的時間，也多虧了新冠，在台灣的十個月，不但可以陪爸媽，也給自己一點獨處的機會。在台灣看到我阿母每天都很忙碌地參加很多里民活動，一周有三天會在活動中心唱歌，也參加土地公廟的志工，會去幫忙發放一些平安麵等，生活過得比我還充實。

剛回台灣，發生很多有趣的事情，包含疫苗問題，在奧地利打完第一劑疫苗後，爸爸就說台灣也有，因此我六月回來，但打到第二劑疫苗已經是十月，後來很快速，在台灣打到了第三劑。

台灣疫情比較緊張的時候，幾乎沒有出去玩，只有一次我很幸運地趕在閨密生小孩前，去了她家聊天，沒想到當天晚上她就生了，他的孩子現在也是我的乾兒子，因爲他很上道的讓他阿母陪了我一個下午才出生。

這十個月我做了很多事情，因爲我生日，好友特地幫我安排住台北萬豪酒店，這是我第一次體驗五星住宿加升等套房。也難得參與阿母的生日，因爲我自從來到奧地利，沒有幫爸媽慶祝過任何一次生日。

旅行方面，第一次和閨密們前往與大海爲鄰的台東都蘭，體驗很貴的「豪華露營」(Glamping)，放空耍廢。

幫長汎旅行社跑了澎湖的行程，這還是我第一次去澎湖，而且十個月內去了兩次。第一次請到攝影師兼國小好朋友陪我跑一趟，四天三夜外加出海，住的民宿非常舒服，也吃到當地的海鮮，還有遇到當地最夯的澎湖導遊永哥，讓我回憶滿滿。第二次是在過年前一月，在網路上揪了一次團去澎湖，那三天的天氣超級好，其中參加的還有我國小同學，人數不多，但是我們玩得很愉快，度了一個開心的假期。

嘉義親子飯店邀請我去住兩天一夜，我還帶了兩個閨密一起前往，在嘉義做了好多我沒有做過的事情，吃了林聰明砂鍋魚頭、好多家嘉義火雞肉飯，也第一次受邀參加了旅遊記者會，坐飛機到台東，沿著台東「馬到成功168」自行車道，第一次在台灣騎腳踏車超過二十公里，一個人住一間五星級娜路彎大酒店的四人房，晚上還參與打高爾夫球的活動。

還在臉書社群，參加了一個揪團之旅，第一次去小琉球，還和完全不認識的一群朋友出去玩，我還是個超級怕水的人，但在小琉球完成了第一次浮潛，而這次去小琉球也認識了很多朋友，一直到現在都有聯絡。當時在台灣停留，花了很多時間給自己的家人和朋友，最後爸媽開始覺得我煩了，所以我在隔年過完年後，就回到了奧地利，原來有時遠距離還是會多點美感。

Republic of Austria

調整心態

疫情期間要調整心態的地方很多，產生很多的轉念，當初想要一直賺錢，所以花很多的體力和時間去換取。

我還在免稅店工作的時候，爸媽來奧地利，我甚至沒時間好好陪他們，每次都會說很忙，但是眞的有這麼忙嗎？這次疫情帶來很多不便之處，但是也讓我想得更多，讓我對未來的生活有不同的見解，更能利用這段時間，好好的獨旅。

在感情方面，我認爲寧缺勿濫，不要勉強和不適合的對象交往，不要爲了生小孩而結婚，也不要擔心過了年紀能不能生小孩。我一樣希望可以找到一個適合的對象，但是沒有也沒有關係，要善待自己。

生活方面，不再委屈自己，自信的做自己。穿自己喜歡的衣服、吃自己喜歡的食物、買自己喜歡的東西，和喜歡的朋友見面，前提是自己也要努力工作，做個自己喜歡的人。

非常棒的體驗，第二天的腳踏車是電動的，非常輕鬆

① 當時代購每天都在整理貨
② 當時奧地利還開了一家進出口小公司就為了每周要寄很多貨
③ 疫情期間我選擇回台灣陪爸媽
④ 當時的隔離生活 14+7 天

幫我阿母過生日，15 年沒有一起過了

15 年沒有幫我阿爸過父親節

去了高雄三次整個愛上高雄

謝謝拉法鋼琴咖啡屋豪華露營邀約，讓我體驗全台灣離海最近的帳篷

第一次參加記者會，感謝立榮假期讓我體驗在台東騎腳踏車的輕旅行

和朋友抽空參觀茂特豪森 - 古森集中營

① 回台灣發現台灣美的地方也很多，很值得環島
② 解鎖七星山
③ 拉法鋼琴咖啡廳老闆實在太酷了
④ 去部落客梅子妹妹的日本料理店捧場

好閨密陪我去嘉義體驗飯店邀約

在小琉球解鎖了我的浮潛，其實我超級怕水

和台灣團友一起去台北大縱走

和好久不見的高中同學聚會

① 回台灣前最後一個活動，幫中華女籃三對三在格拉茨的比賽加油
② 很榮幸長汎旅行社邀約跑了一趟澎湖，解鎖了我沒有去過的離島
③ 國小同學情義相挺，陪我去一趟澎湖擔任攝影師

當時雖然封城，但是天氣好大家還是出來散步 這裡是德國辛特湖

①②	③
④	⑤

① 還去 NetFlix 影集擔任臨時演員
② 以前都沒有機會去拜訪朋友，趁著疫情沒有工作終於可以去拜訪住在南部的朋友
③ 奧地利克里姆爾瀑布
④ 最喜歡住在這種小木屋
⑤ 完全感覺不出來有疫情，不過當時歐洲確實很嚴重

Most 3
Most 3
Most 3
Most 3

① ②
③ ④ ⑤ ⑥

① 疫情期間開始認真玩奧地利
② 坐了沃爾夫岡湖的蒸汽小火車上去沙夫伯格
③ 在奧地利吃到火鍋是件幸福的事
④ 許願疫情趕快結束
⑤ 爬山兩小時上去喝杯啤酒吃個甜點都覺得很滿足
⑥ 一年半過去了疫情確絲毫沒有好轉

疫情讓我更加珍惜奧地利的美

疫情後開始愛上爬山

疫情下的牛也很幸福

在濱湖采爾遇到九月雪

整個夏天每周都在挑戰不同山

杜布羅夫尼克隨處都是美景

Chapter 8

再次回到奧地利

Republic of
Austria

Republic of Austria

從哪裡跌倒，就從哪裡爬起來，開始在歐洲旅行

疫情期間，在台灣休息了十個月後，我決定要再次踏上我的第二故鄉——奧地利。我不知道疫情什麼時候可以結束，但我會繼續踩點旅行，繼續幫忙代購賺生活費，所以我回來奧地利了。

結束了十個月在台灣的奇幻旅程，隔年三月我再度踏上奧地利，我的第二個家。

我買了一張機票，從慕尼黑飛巴黎，巴黎飛尼斯，尼斯再回慕尼黑，準備好好玩一下南法，因爲沒去過，所以很期待。巴黎去過兩次，所以這次

只待了一天一夜，就前往南法和住在那裡的朋友小卡見面，在大城市和朋友尋找美食，吃了日本拉麵，後來還去吃一間平價的法國餐。

我也見了住在南法的君萍，她給了我很多寶貴的意見，並且鼓勵我要好好賺錢，看著朋友們都很有成就，我也有了動力，我把現在當作休息時間，好好的旅遊一番，等疫情過後再出發！

接著我自己獨自去尼斯旅行，這是我的第一個獨自旅行。尼斯是法國南部的一個城市，在那片蔚藍海岸上，坐火車可以到達各個城市，一個人坐火車玩南法，這段旅程，我去了尼斯、坎城、聖拉斐爾。以前我總是會依賴另一半，久而久之，不能自己獨立，去到哪裡都要對方幫忙看地圖，研究怎麼搭車，或開車送我。

後來我還去了摩納哥，因爲搭火車半小時就可以到達。第一次來到這個繁華有錢的城市，整個海岸線都是浮誇的高樓大廈。

這是我一個人的旅遊，我每天計畫我的行程、查好火車時刻，連吃東西都勇敢地一個人走進餐廳吃飯，當完成一小段旅程後，覺得很有成就感。因此當我從法國回來後，我決定繼續我的旅行。

杜布羅夫尼克

第二次獨自旅遊，我從維也納搭飛機前往位於克羅埃西亞南部的杜布羅夫尼克，是電影《冰與火之歌：權力遊戲》君臨城拍攝地，機票很便宜，來回才三十幾歐。

杜布羅夫尼克機場設計很簡單，在那裡買公車票就可以直達市區，我租了半山腰的民宿公寓，每天走樓梯上去超級累，但好處就可以運動，我帶了一些泡麵，民宿附近也有超市，我自己的旅行很簡單，我每天會睡到自然醒，但醒來也不過早上八點多，早餐會喝自己帶的咖啡即溶包，開始打開筆電工作，大概快中午才會準備出門。

出門參觀了君臨城的古城牆，爬到最高處，在上面稍作休息，看著海岸美麗的風光，接著前往餐廳吃飯，點了一杯調酒，享受自己自在的時光。晚上我安排了去吃米其林推薦的餐廳，喝著啤酒、吃海鮮。

在這裡我待了四天，自己逛城市、看景點拍拍照，發現一個人更自在舒適。

倫敦

有一天看到薩爾斯堡飛倫敦才二十九歐，馬上訂好機票，只是倫敦住宿眞的很貴，住三晚就要二百多歐，廁所還是公用的。這是第二次拜訪倫敦，之前該參觀的熱門景點都有去過，因此這次就是到倫敦拜訪朋友。

在倫敦發生一些好笑的事，在滑交友軟體時，剛好看到一個西班牙人，想說長得不錯，我們約在倫敦大橋見面，結果看到本人發現是大「照騙」，好險那時沒約喝咖啡。另外，認識一個可愛的台灣女孩，在倫敦工作，我們還約過一次飯，也見了一位香港的朋友，他是在粉絲專頁看到我來倫敦臨時邀約的。到各處旅行和不同朋友見面，我覺得很幸福，如果有看到我在你的城市旅遊，也歡迎大家可以約我出來喝杯咖啡。

這次去了兩個我上次沒去的地方，第一個是哈利波特的九號月台，我在車站找好久，最後詢問路人才找到，另一個是劍橋大學，是個很美的校園，終於來朝聖了。

斯洛伐克首都布拉提斯拉瓦

斯洛伐克的首都布拉提斯拉瓦，離維也納很近，只要在維也納搭船或坐火車，甚至公車都能到，好奇怪在奧地利這麼久，這個城市我居然沒去過，所以我安排了兩天一夜的旅行。

在斯洛伐克，看了藍色教堂、舊城區……等，基本該看的都看完了，也意外在旅途中認識一位韓國帥哥，現在還是朋友。如果有剛好來維也納玩的朋友，建議可以安排斯洛伐克半天遊就很足夠。

其他和朋友一起玩的城市

斯洛伐克結束後，我去了海德堡拜訪朋友，還和朋友一起去了法國小鎮科爾馬和埃吉桑，以及史特拉斯堡。其中只有埃吉桑我沒去過，有些城市去過很多次，但和不同朋友前往，就是不同的感受。

因此有一天住在格拉茨的一位記者朋友，突然問我要不要跟她還有她的女兒一起去玩斯洛維尼亞，雖然我去過好幾次，但是我還是想和朋友體驗不一樣的旅行，於是我們就出發了。

朋友是個超級會做菜的「好咖」，帶了自己親手做的三明治，看著朋友帶著小孩，開車趴趴走，而且經濟獨立，覺得很棒。以前她在台灣是當記者，但因爲愛來到奧地利，一樣重頭開始，但是朋友把自己打理得很好，漂亮有自信。加上她很會下廚，格拉茨那裡的台灣人也很合群，因爲曾經去看一位朋友剛生完小孩，台灣人妻們都輪流去她家裡煮月子餐。

我們一起漫步在斯洛維尼亞的漂亮首都盧比安納，晚上去吃了好吃的當地菜，一起逛市集，等小朋友睡著，我們還偷偷吃了辛拉麵，很愉快的一次旅行。

羅馬

羅馬也是一個我沒有去過的城市，當時看到臉書社團認識的歐洲交換生，他們快要回台灣了，想大玩一趟歐洲。

那幾天剛好有人在羅馬，和我行程重疊到幾天，於是我一個三十歲以上的大姊和年輕可愛的交換生去參觀了羅馬競技場，還一起去吃排隊半小時以上，但是必須朝聖的餐廳。

羅馬是一個我覺得可以在那裡長住的城市，飲食習慣很適合我，我超愛吃義大利麵。羅馬六月的天氣好熱，我每天都在吃Gelato，就是義式冰淇淋，水果含量極高，建議大家去義大利一定要吃水果口味的Gelato。

羅馬的建築真的很壯觀，可以一天走一個點就好，但那時我只去四天三夜，每天走景點很忙碌，光是梵蒂岡就花了我一天的時間，明明還沒開放旅遊，遊客卻多到嚇死人！

在羅馬許願池，我做了件蠢事，一個印度人突然過來幫我拍照，我傻傻的比「YA」，結果被拍了幾張拍立得，還要給他五歐元，也當成一個旅遊經驗。

希臘：聖托里尼

希臘聖托里尼我永遠都是口頭說想要去玩，但是卻沒有付出行動。終於有一天在維也納的朋友家，我們聊著聊著，我隨口說，不然我們去聖托里尼吧！於是我們就買了機票衝過去了。

第一次去聖托里尼，完全沒有經驗，連功課都沒做，住宿也隨便選，那一次我們住在黑沙灘，離伊亞（Oia）和費拉（Fira）都很遠，不過希臘小島租車很便宜，我們租了「歐兜賣」，也是可以在聖托里尼暢行無阻。

四天三夜玩遍所有的精華景點，我們看了伊亞最美的日落，去了最美城市費拉，還在我們住的黑沙灘大玩特玩，買了很多希臘仙氣飄飄的衣服，走在沙灘上，下午在海灘喝杯調酒，看著美景，晚上和朋友徹夜暢談，聊著生活、工作，非常愜意。

希臘食物很適合我們，有很多海鮮拼盤，當然和住在台灣的朋友不能相比，但生活住在內陸國家的我，在歐洲能吃到這些食物，已經很開心了。

在遊希臘的同時，我的旅遊團悄悄地回來了，因爲再過一周，我的奧捷第十二屆，就要出發了，也是疫情後的第一團。

Republic of Austria

我再次出發啦！

二〇二一年底在台灣時，我還對於出團這件事沒有什麼想法，因爲當時在台灣都還要隔離。

有一天我在粉絲專頁收到了一位數學老師的訊息，他說無論如何都想要來奧捷玩，希望我可以考慮辦在暑假出發，當時在台灣才一月，我實在沒什麼信心，所以我到過年前都不敢有任何舉動。過完年後，這位老師又打給我了，這次他告訴我，請我一定要讓他們完成奧捷之旅，老師說不要擔心費用問題，他可以全包，但是我還是不希望他吃虧。

我回奧地利之後，開始重新找遊覽車和之前安排過的飯店，然後我開始重新規劃行程，於是勇敢地在粉絲專頁開團，這是我第十二屆奧捷之旅，我一直很擔心沒人報名，雖然最後人數不多，但是十九人也算可以了。

時間就訂在二〇二二年七月中出發，一樣找了我的好司機馬丁，用我熟悉的遊覽車，再加上阿爾卑斯山同樣的民宿老闆，出發前幾天，也去了一趟哈修塔特，去了平常很愛去的咖啡廳，那些商家、老闆，都說該裝潢都已經完成，等待著旅遊團。

大家幾乎都是疫情後的第一次，捷克地陪、維也納地陪都跟我說，這是他們疫情後的第一團，讓我非常驕傲，因爲我想大聲讓大家知道，我Christine，疫情後首發第一團，帶來了台灣的朋友。

Republic of Austria

Christine第十二屆奧捷之旅：出發

二〇二二年的七月十四號，Christine第十二屆奧捷團出發了！

這一團非常特別，有人從美國來，有人從台灣來，有人從愛丁堡來，還有人從日本來，甚至也有在奧地利直接參團的朋友。

有兩位姊姊在集合前，就先來慕尼黑和我會面，我還陪著他們逛了慕尼黑和紐倫堡，當中我們很幸運的用到去年的德國鐵路九歐元月票，不過，德國鐵路在歐洲實在太出名，因爲它到站時間永遠不會準時，常常無故就取消，讓人措手不及。

原定七月十五在維也納機場見面，一堆團員前一天就來，最後在機場接的團員，只有五位。

我在機場的那天，心中充滿很多的感動，我三年沒看到馬丁，一看到馬丁，馬上跳上去抱他，很感動的一刻，因爲我們終於重新出發了！

台灣國旗就掛在遊覽車前，大家知道我們是台灣來的，當時疫情還是存在的，居然各地的華人開始來參團，也許是和我們一樣住在國外久了，比較能夠接受與病毒更存，但是住在台灣的人還是比較會擔心，畢竟歐洲經歷了四次封城。

當時回台灣還需要居家隔離七天，但是好險在我們出發的前幾天，台灣取消了回台要ＰＣＲ檢測。因爲還是疫情期間，團員開始有人確診，慢慢傳染下去，一個傳一個，最後大約有八位都確診。

那時因爲團員相繼確診，團員和團員之間也有一些小誤會，也讓團員心裡不舒服，這次的旅程，因爲是疫情後第一團，所以我有一些事情，應對沒有很好，現在想想，有些團員的心裡狀態我的確沒有處理好。

這些我都放在心裡，也因此後面的團，我越來越能應對。其實確診了，就是平常心，戴口罩把它當成感冒，不過當時在二〇二二年這時間點，執行起來還是比較困難。

我們旅途中也遇到了一些問題，第三天就有團員腳扭傷，蠻嚴重的那種，導致後來有一些行程就不能參加。那時候有個私房景點因爲修路，所以馬丁從另一邊繞過去，帶著我們走一條很危險的捷徑，現在想起來，是有點想翻白眼！

這團的團員非常好，應該是說我對每一團都會有不同的感情，但對疫情後的這一團印象特別深刻，我們也約好了二〇二三年的葡萄牙之旅。

杜布羅夫尼克君臨城

①	②
③	④

① 朋友帶我第一次在法國吃蝸牛餐
② 尼斯特色小吃，一種煎餅
③ 和朋友去紐倫堡吃超好吃的紐倫堡小香腸
④ 和朋友在史特拉斯堡附近吃到的海鮮大餐

劍橋大學某角落

蔚藍海岸，摩納哥

蔚藍海岸，摩納哥

摩納哥賭場

Ω OMEGA Ω
Ω OMEGA Ω

自己走到君臨城最高處，搭纜車也可

尼斯我很喜歡，晚上也特別舒服

好美的南法小鎮

冰與火之歌的君臨城

① 超級愛希臘聖托里尼
② 倫敦大橋下巧遇台灣交換生，幫忙拍的照片
③ 團服出現，薩爾斯堡潮牌 T 恤
④ 疫情後重新出發的一團

法國巴黎《全面啟動》拍片場景

疫情解封後擁擠的梵蒂岡博物館

來到坎城，一定要走紅地毯一下

傳說中的藍色教堂聖伊麗莎白

許願池在羅馬

非常喜歡的尼斯

真的太愛君臨城了

第一次在君臨城這麼美的地方自己吃飯，也解鎖成就了

第一次和交換生一起揪團玩歐洲

羅浮宮

斯洛伐克城堡

斯洛伐克一角

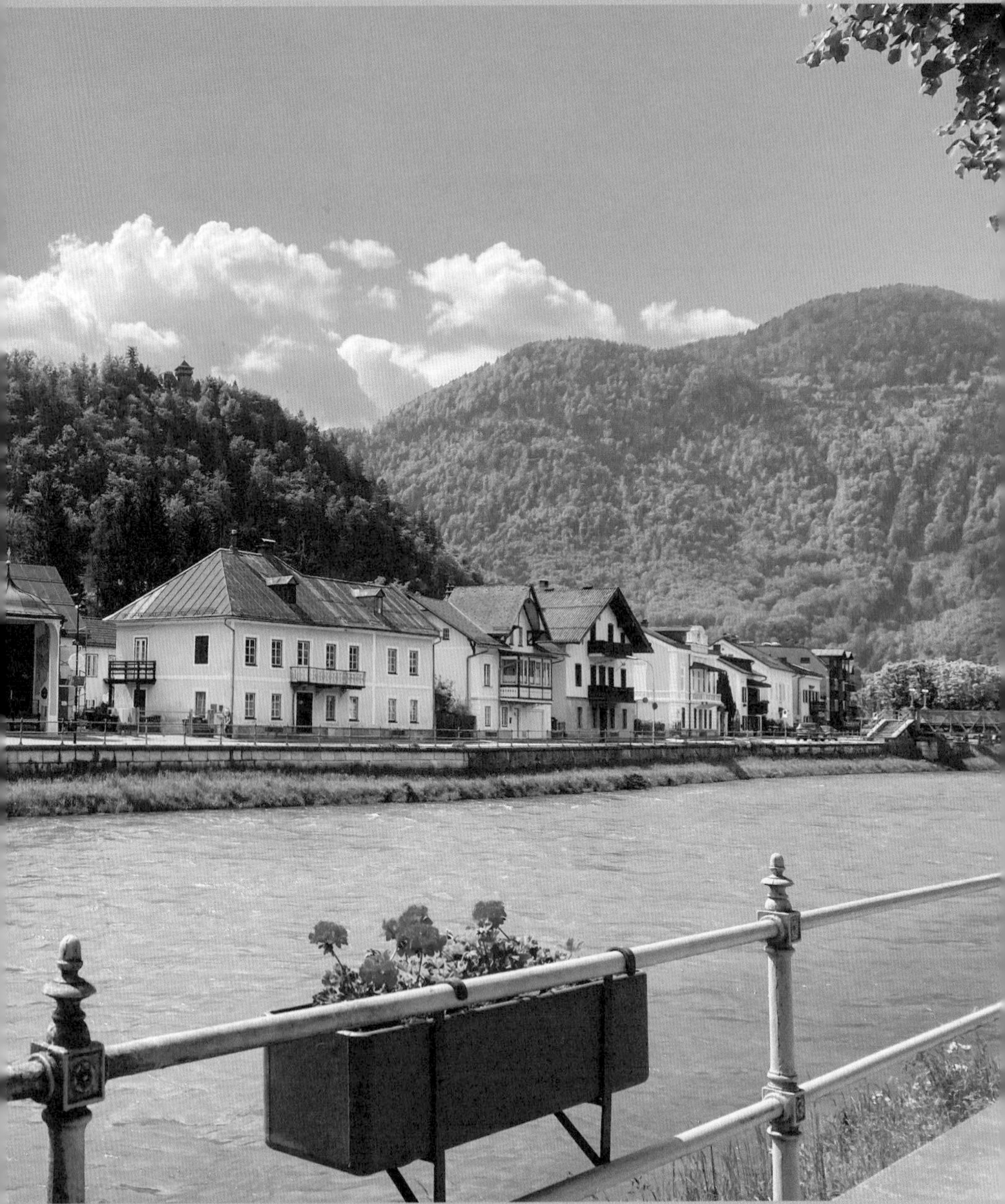

茜茜公主和法蘭茲約瑟夫相遇的地方：巴德伊舍（Bad Ischl）

Chapter

9

粉絲專頁帶給我的回饋及學習

Republic of
Austria

情商管理

情緒管理不管在回答粉絲專頁或是代購，甚至平常帶團時都很重要。我曾以爲我的情商已經很不錯了，因爲我不會在粉絲專頁和人鬧不愉快。

但遇到不好的留言或是攻擊時，我還是要先學習冷靜下來，或是好好修身養性，因爲生氣時，先不要回答問題會比較好，偏偏有時沒辦法冷靜處理，這是我的致命點。

那些曾經讓我在意的事

帶團的時候，我曾經在意一些我不小心沒有做好的小事，現在想起來都很後悔。

房卡這件事，從捷克到奧地利，從德國到瑞士，甚至克羅埃西亞，每一團，都是會有人忘記，所以我現在手裡有無數張房卡。曾經有位姊姊，早上忘記把房卡交給櫃台，因爲我已經提醒兩三次，所以當下我露出了非常不耐煩的表情。後來我覺得是我自己不好，因爲包含自己的自助旅行，我都可能忘記房卡，每次回想起來，我就會一直提醒自己，以後一定要更體諒包容，就像團員也會無私的體諒我。

代購方面，我大部分遇到的客人都很好，但是也有遇過會殺價的客人，當下我就覺得不被信任，因爲我清楚我給的價格很實惠，不是貪心的人，但那時我也不知道發什麼神經，就直接回客人說，你找別人好了。後來我覺得我情商太低，沒確實先想好就回答，如果我圓融一點，就可以回答得更巧妙。

粉絲專頁的朋友有時候也會問一些很讓人很無言的問題，當我收到這些訊息，有時也無言以對，所以關於回答問題的情商，我還必須要好好學習。

Republic of Austria

台灣人的熱情

透過粉絲專頁來奧地利玩的朋友越來越多，無論是住過我以前的民宿，或是來參加我的當地 local tour，認識的朋友越來越多，以至於每次回台灣多了一些想見的人，除了自己的朋友家人以外，還有這幾年我好喜歡的團員們。

一年我回去台灣的時間可能只有一次，想見的人很多，我覺得我已經是個時間管理大師了，每次還是覺得時間不夠，每一個團，都會遇到很多知心的團友們，讓我覺得很欣慰，因爲每一段旅程都是收穫滿滿。

回台灣時，來自北中南的團員們，總是熱情邀約聚會，很多團員們也是相約再一次同遊歐洲。還有團員曾熱情招待我去屏東小鎮住，每天準備早餐外，晚餐再帶我去品嘗鮮美的海產，下午茶也沒少過，整天是無縫接軌的吃，發現在台灣居然都沒有餓過。

每次這些應酬都讓我累到不行，但是我卻好珍惜這些好旅伴，一路上聽了許多團員的故事，也讓我充滿感慨，但也得到一些啟發。曾經有幾位團員因爲生過病，讓他們覺得要珍惜時間，更有一位姊姊對我說，只要她每一次的健康檢查都順利通過，都要大玩特玩，我說我支持他。

讓我最感動的是，有些團員來參加我的當地行程，給我帶了好多台灣的零食，除了泡麵以外，還有各式各樣的豆乾、寶咖咖、眞魷味、小泡芙等等，這些都是我喜歡的零食，衷心感謝大家。

Republic of Austria

感謝疫情

疫情雖然很可怕，但是我感謝疫情，讓我看清一些人心險惡，離開不該繼續在一起的人。

愛情方面，以前的我，很在乎感覺或是第一眼，但現在喜歡細水長流，後來遇到的男生，我會試著去了解他們，然後用心去交朋友，不用膚淺的表面去看。

朋友方面，我不需要多，在乎是否眞心，我的個性比較不會看人臉色，我需要一個眞心爲我好的朋友，告訴我做了什麼行爲讓他們不舒服，因爲不說我還眞的不會知道。

團體方面，我在意的瑞士團，疫情期間剛好有時間去踩點，增加了一些體驗的行程，疫情後的所有行程，都很順利的完成。

團員方面，疫情後我看到了幾位熟悉的名字，原來在二〇二〇年都報名了奧捷團，隔三年繼續完成他們本想要的旅行，看到他們，會有種說不出的感動。

奧地利私房景點格倫德爾湖 (Grundlsee)

住在格蒙登近郊的朋友家，陽台外的無敵美景

住在鹽湖區的朋友，總是給我鼓勵，讓我去他家看美景散心

奧地利西部，跨三國的波登湖

挑戰奧地利當地網紅拍照吊橋，需要來回 5 小時完成

Chapter

IO

全新的自己

Republic of
Austria

Republic of Austria

善待自己也要善待家人

人生很短，我覺得要對自己好，愛情是其次，不會離開你的人就是家人，所以要對家人好。

我原本想著寫完這本書，八月就可以回去看外婆。因爲前幾天阿母在家族群組提醒大家，有空要趕快回來看外婆，但沒過幾天，就接到噩耗，外婆走了，好在外婆沒有病痛，享耆壽九十八歲。我多希望可以再多見她幾次，從小我和外婆感情就很好，在大學時，因爲外婆家住北投，我在淡水上課，空堂時都會去外婆家睡覺，外婆都會做我最愛吃的拌冬粉。

我們要善待家人，因爲你不知道能陪他們到什麼時候，所以回台灣的時候，我最想做的事就是帶家人到處走走，一起吃飯、耍廢、談天說地，我的阿爸阿母對我來說，就是最重要的人。

以前二十幾歲的時候總是在乎別人的想法，但是三十好幾的我，不會再去迎合任何人。自己賺錢自己花，我想要穿漂亮的衣服或是吃好吃的東西，都會買給自己。我也希望遇到一個可以依靠的另一半，我相信，當我保持在最好的狀態時，對的人就會出現。

這幾年，我買自己想要的東西，吃的方面，我也對自己很大方，因爲我本身是一個超級吃貨，當我吃到好吃的東西，會讓我覺得很幸福。旅行的時候，我也對自己很好，也許住的地點不特別，通常都是住簡單的公寓民宿，但是該花的門票不會省。我在旅行的時候，就不會去計較花錢，曾經有位團員和我說過，花了之後就會賺更多的錢回來，雖然這有點像安慰人的話，但是我覺得沒關係，因爲我會更加努力。

我深刻的了解，不要浪費任何時間在不必要的人事物上，對我想珍惜的人好，以後我也會邁大步向前走，珍惜身邊的人，好好地去過我想要的人生。

Republic of Austria

把自己找回來

剛來到奧地利的我，懵懂無知，一心想要認識從台灣來的朋友，也因爲想要去融合他們，會做一些他們喜歡做的事情，來維持朋友關係，即使自己沒有興趣。

比如包水餃，我本身對做菜雖然有興趣，可是包水餃對我來說太麻煩，如果是今天的我，會直接去亞洲超市買回來吃，因爲省時又省力，但不可否認，當時大家一起在包水餃的感覺也很好。

奧地利的太太們一個比一個厲害，先生們也是一個比一個事業有成，當時的我，就是和前夫在送報紙，但我對於我在做的事情還是很驕傲，因爲我們也是靠自己的力量養活自己！

但那時稚嫩的我，會說一些話，讓姊姊們覺得不是很成熟，有一位太太就是不喜歡我，可能我說話白目，也不知道是哪裡惹到她，有一次發現她把我從臉書刪除，我還以爲是刪錯，趕緊加回來，過一兩周，發現又被刪除。我覺得有點難過，因爲我不知道自己做了什麼讓她不開心，還私下問了我的好朋友們怎麼會發生這樣的事，他們都說沒關係不要放在心上。但如果是現在的我，肯定會直接去問清楚爲什麼。

也有幾位原本有在聯絡的朋友，因爲同樣是異國戀而認識，一起在無名小站寫網誌，也許後來發現沒有交集，他們就會刪除我，那個時候會覺得很不解，但是十五年後發現這些都不重要，不需要把這些放在心上，純粹是許多人認爲已經很少聯絡了，就會把你刪除。

這幾年開始在臉書分享生活又加上幫大家做當地的自由行規劃，神奇的是，曾經把你刪除的人又會回來了，不過沒關係，能幫忙的我當然盡量幫忙，至於廉價的友情，我是不屑一顧了。

當我開始帶著大家旅行後，越來越知道我自己要的是什麼，我不想再僞裝，因爲不喜歡我的人就是不喜歡，而不喜歡我的人，更不要浪費力氣討好。

Republic of Austria

永遠記得當時的自己，莫忘初衷

曾經有一間網路平台訪問我，他問我喜歡哪一個時期的自己，我笑了一下，回答他，我喜歡現在的自己。訪問結束後，他幫我寫了一段話，現在我還是好喜歡這段話，他寫著「你給別人的，其實是給自己的」、「永遠抱著寬容的態度去面對，不比較，要永遠維持當初的自己，莫忘初衷」。這是當時的編輯訪問我完，幫我寫成我想表達的話。

永遠寬容的態度去面對，其實說眞的，還是有點難，因爲有時候遇到一些比較急的事情，我也是會不小心露出不耐煩，因爲我不是聖人，還是有一些情緒，但是我試著寬容一點，以對方的角度去想，可以避免很多不必要的憤怒或是厭煩的心情。

停止「比較」也是一門需要好好學習的課題，在寫部落格的時候，常常會去注意其他版主的文章，當時就好羨慕他們寫出來的文章好多人點閱，因爲想要多一點人關注，所以我會去迎合一些讀者的口味，寫一些感情上的八卦。

成立粉專後，我把寫旅遊文章，當成使命一樣，有目的性的去一些地方拍照寫文章，就爲了要ＰＯ在粉絲專頁贏得更多讚。但現在我不喜歡了，我想寫什麼就寫，生活中也因爲旅遊多了很多題材，根本不需要去迎合任何人而改變我想寫的東西，我去自己想去的地方，甚至在海島度假，我沒有去一些知名的景點，而是放空耍廢，我的旅途由我自己決定！

現在我看到一些想紅的粉專，會很刻意的去寫很多攻略，然後曝光在各大有名的社交平台就爲了增加曝光率，甚至沒有好好看清楚問題，就隨便亂回答，雖然我以前沒有這樣刻意曝光，但是大同小異的事情都做過，想到以前的我也是這樣，但是得到多少讚能換來什麼呢？畢竟我也不是網紅，也不會因爲讚而得到些什麼，現在我只想眞心分享旅遊照片，讓很多無法出國的人，看到也能有點小確幸。

最有意義的是，當我看到很多粉絲專頁的朋友，在某張旅遊景點下留言「我一定要去」，過了幾年，我眞的在奧地利見到他時，會特別有感觸，原來當我在旅行的時候，可以讓很多人心嚮往之以及感到快樂。甚至和我一起旅行的人，他們會一直記得這趟旅程我們一起經歷的感動，還有看到很美的景色時，我們是多驚訝這個大自然的鬼斧神工呀！

Republic of Austria

開始到現在不變的初衷

某一屆的德瑞法揪團結束後，有個團員給了我很大的反饋，他花了很多時間寫了一大篇感想給我，這是一件令我感動的事，因爲我知道他不是在批評我，而是希望我更好。

有幾位團員，他們總是可以對我說實話，因爲這樣才能讓我更加進步。某一屆的奧捷團的姊姊也告訴我某天住宿不是特別喜歡，告訴我只是希望我可以多注意到，不要打壞我的招牌。

當初我創立屬於我的行程，是希望可以完成更多人遊歐的夢想，我並不想要走高端路線，或是貴婦級的住宿，或是坐著頭等艙去玩瑞士等等。我覺得大家在一起旅行，很多事情都會變得更美好，我喜歡大家覺得我的安排很實惠，因爲他們可以把其他的費用拿去吃好吃的東西或是買紀念品，我想要讓剛出社會，有房貸的小夫妻，都能夠一起和我玩我眼裡的歐洲，體會最美的風景——對我來說重要的還是人。

我不需要住華麗的飯店，不需要吃上一客八十歐的貴婦下午茶，也不需要坐頭等艙的火車。能夠和團員們團結占位，然後去一般咖啡廳喝上一杯咖啡加上甜死人的蛋糕，住著平凡簡單的飯店、民宿，但是每天晚上房間總是充滿笑聲，這樣我就會覺得很幸福。

我希望能夠一直抱有這樣的心態，不要改變，不要因爲團員多而改變我當初最開始的小小理念，也想要看著大家幸福的旅行。

當奧地利春天來臨，花開得特別美

夜晚的杜布羅夫尼克君臨城

感謝一路上鼓勵我的朋友們

我生命中其中一組貴人，陳杰老師一家人

莫忘初衷，我要一直提醒自己

我的第二故鄉奧地利薩爾斯堡

放下讓所有人都喜歡，重新找回自己：Christine的奧地利生活分享

作　者—林子筠
主　編—林菁菁
企　劃—謝儀方
封面設計—江孟達
內頁設計—李宜芝

總編輯—梁芳春
董事長—趙政岷
出版者—時報文化出版企業股份有限公司
108019台北市和平西路三段240號3樓
發行專線—(02)2306-6842
讀者服務專線—0800-231-705・(02)2304-7103
讀者服務傳眞—(02)2304-6858
郵撥—19344724 時報文化出版公司
信箱—10899 臺北華江橋郵局第99信箱
時報悅讀網—http://www.readingtimes.com.tw
法律顧問—理律法律事務所 陳長文律師、李念祖律師
印　刷—勁達印刷有限公司
初版一刷—二〇二三年九月八日
定　價—新臺幣四五〇元
（缺頁或破損的書，請寄回更換）

時報文化出版公司成立於一九七五年，
並於一九九九年股票上櫃公開發行，於二〇〇八年脫離中時集團非屬旺中，
以「尊重智慧與創意的文化事業」爲信念。

放下讓所有人都喜歡，重新找回自己：Christine的奧地利生活分享 / 林子筠著. -- 初版. -- 臺北市：時報文化出版企業股份有限公司，2023.09
面；　公分

ISBN 978-626-374-213-0（平裝）

863.55　　　　112012846

ISBN 978-626-374-213-0
Printed in Taiwan